INVENTAIRE
Y² 33.968

JOSAPHAT

SOUVENIR

d'une

Nuit de Garde

PAR

Émile FASSIN.

ARLES

IMPRIMERIE DUMAS ET DAYRE, RUE DES CARMES.

—

1865.

Y²

JOSAPHAT

SOUVENIR

d'une

Nuit de Garde

PAR

Emile FASSIN.

ARLES

IMPRIMERIE DUMAS ET DAYRE, RUE DES CARMES.

—

1865.

1806

33968

A MES AMIS ET COLLÈGUES

J.J. PEYTRET et Emile **MARTIN.**

JOSAPHAT

—

SOUVENIR

D'UNE

NUIT DE GARDE

———⁓⁓⁓⁓———

I.

Saint-Raphaël.

Le voyageur que ses affaires ou ses plaisirs
attirent dans la Provence ne connaît de la
Crau d'Arles que son nom barbare, ses innom-
brables cailloux, sa solitude et son mirage,
qui font de cette contrée comme un nouveau ·
désert auquel rien ne manque, ni les sombres
beautés de la nature, ni les mystérieux accords
de la poésie, ni la fraîcheur des oasis. —
L'immense réseau des voies ferrées qui se dé-
roule à travers la France, reliant Marseille à
Paris, la divise en deux égales parts. Les sifflements des locomotives, le mouvement sac-

cadé de la vapeur, le cri du fer qui grince sous le fer, le choc des waggons, le fracas des chaines, ont peuplé le silence et la solitude de ces lieux de tous ces bruits inconnus qui trahissent à chaque pas la marche du progrès et sont les précurseurs infaillibles de la houe du défricheur.

Les falots qui, la nuit, bordent la voie ferrée pour guider le train voyageur ont remplacé le mirage, dont l'horizon trop restreint ne permet plus d'admirer les fantastiques effets, à moins que le soleil d'août, brûlant et vaporeux, échauffant notre imagination surexcitée déjà par l'attente du phénomène, ne jette à nos yeux éblouis ses fallacieuses illusions.

La Crau d'Arles a perdu son caractère primitif. La Compagnie du chemin de fer y a disséminé ses constructions et ses employés, et la population laborieuse et toujours croissante des villes voisines a répandu ses colons partout où la proximité de la route, un terrain moins ingrat, une eau potable, permettaient de fixer un établissement.

Vingt ans ont suffi pour métamorphoser ainsi la moitié de la contrée. Le voyageur étonné ne voit que vignes et oasis à la place des cailloux, là où commençait jadis la Crau pierreuse; l'agriculture a conquis trois lieues sur le désert.

Le hameau de St-Raphaël qu'une corruption de langage a fait appeler Raphèle, est demeuré pendant plusieurs siècles comme une sentinelle perdue de la civilisation, l'extrême limite du territoire cultivé. C'est la première halte du piéton qui se dirige d'Arles à Marseille, la première station du chemin de fer dans cette direction.

Le touriste qui se promène de ruine en ruine, le peintre qui recherche des sites pittoresques, le rentier qui court après les plaisirs, jetteront à peine un regard sur la flèche de son clocher, la fraîcheur de ses ombrages, la verte couleur de ses prés.

Mais le piéton qui vient de traverser les sept kilomètres de route poudreuse qui le séparent de la ville d'Arles, se délassera voluptueusement sous les arbres touffus du *mas des Bruns* ; il voudra se rassasier à l'auberge de *la mère Isoarde*, de cette bonne chère succulente et sans prétention dont elle possède le secret; ensuite, si le temps ne le presse, il ira se reposer à l'ombre et goûter dans le charmant bosquet de *Tourne Court* cette aménité de climat qui semble se refléter dans les mœurs de ses habitants (1).

Le village de Raphèle s'est considérablement agrandi depuis 1816, époque où commencera notre récit. Cinquante années d'une prospérité toujours croissante ont pu seules lui donner cette physionomie riante et animée, indice infaillible de la richesse du sol, du bien-être des habitants et de l'avenir du pays. Quelques masures bâties en pisé, appelé *tapie* dans le pays et consolidées vers les angles par quelques pierres de Fontvieille, quelques cabanes couvertes de chaume, voilà l'aspect de Raphèle en ce temps-là.

Les maisons de campagne, éloignées les unes des autres, perdues çà et là dans l'immensité de la Crau, retenaient leurs habitants dans une solitude forcée. La route de Marseille, étroite et cahotante, avec le mauvais chemin d'Eyguières et la *draille Marseillaise*, de funeste souvenir, étaient les seules voies de communication, dangereuses la nuit à cause des ornières, pour les lourdes charrettes de l'époque.

Un cabaretier, un maréchal ferrant, un charron, un boulanger ou *fournier* et deux ou trois familles de cultivateurs composaient l'unique population du village.

Tel était l'aspect du pays au mois de mars 1816, au moment où se passèrent les faits dont nous allons entreprendre le récit.

II.

L'Inconnu.

Le mistral soufflait à toute haleine à travers les vignes et les oliviers ; le soleil baissait à l'horizon, et les rares laboureurs que le travail des champs avait attirés loin de leur demeure, regagnaient avec empressement leur chaumière où les attendaient les douceurs d'un bon feu et le long repos d'une nuit d'hiver. Les routes, d'ailleurs, étaient peu sûres à cette époque, et nul ne se souciait de braver en même temps la tempête et la rapacité des rôdeurs de nuit.

Il avait neigé la nuit précédente ; la terre était couverte d'une glace épaisse que les pâles rayons du soleil avaient à peine effleurée ; l'air était imprégné d'émanations glaciales.

La mère Moreau, l'aubergiste de St-Raphaël, entr'ouvrit la porte de son cabaret, sortit la tête, regarda de tous côtés, s'assura qu'aucun voyageur attardé n'apparaissait au loin sur la route, et son inspection terminée, repoussa la lourde porte de chêne et la ferma à triple verrou.

Elle vint reprendre alors sa place accoutumée au coin de son fourneau, tira de sa poche un rosaire et se mit à le réciter dévotement ; peu à peu ses yeux s'alourdirent , ses paupières se fermèrent; elle s'endormit dans une extase béate.

Accoudés sur une table au milieu du cabaret, trois habitués vidaient un broc de vin de *Miette* en devisant du mauvais temps, des événements de la journée et de la misère des laboureurs.

Cependant la bise sifflait au dehors et, s'infiltrant par les ais mal joints des portes et des fenêtres, leur jetait à la face une bouffée d'air froid qui donnait le frisson. Le vent hurlait dans la cheminée en renvoyant une fumée noire et épaisse. Une bûche énorme pétillait dans l'âtre et de sa flamme vacillante, éclairait à-demi la sombre taverne à laquelle une lampe fumeuse s'obstinait à refuser sa clarté.

— L'hiver est rude, dit le plus âgé des buveurs, un vieillard à barbe blanche — la misère grande dans le pays. Les impôts augmentent toujours et en même temps le prix du blé. Le laboureur, père de famille, ne pourra bientôt plus procurer honnêtement du pain à ses enfants.

Aussi, les vols deviennent-ils fréquents, les arrestations se multiplient, et parfois des assassinats viennent jeter parmi nous la désolation et le deuil. J'ai découvert ce matin un cadavre.

— Un cadavre !.. s'écrièrent avec effroi ses deux auditeurs.

— Tout près de *Belle-Ombre* , poursuivit le vieillard.

C'était un homme d'un âge mûr, aux cheveux grisonnants, mais aux traits mâles et énergiques. Il portait sur son front une croix tracée sans doute avec un poignard. Ses vêtements étaient maculés de sang. J'ai voulu contempler un instant ce cadavre... vous me croirez à peine... je compte soixante-trois ans ; je n'ai jamais ressenti les folles frayeurs que fait naître la vue des morts... et j'ai frissonné en regardant cet homme ! La mort avait empreint sur son visage un caractère étrange ; sa physionomie était hideuse et ses yeux... ses yeux, démesurément ouverts, semblaient flamboyer encore. Il paraissait mort depuis peu de temps et cependant il exhalait déjà des émanations cadavériques. Mes cheveux se dressent sur ma tête au seul souvenir de ce spectacle horrible. Quelques heures après, quand la justice est venue pour constater le crime, le cadavre avait disparu ; l'on n'a pu retrouver ses traces.

— Allons, poursuivit le vieillard, d'une voix qu'il tâchait de rendre enjouée, un dernier verre de vin pour noyer ces sombres pensées. Si l'avenir ne s'annonce pas sous de riantes couleurs, égayons du moins le présent. Si nous manquons du pain, nous mangerons de la galette.

Il appuya sa plaisanterie d'un rire grimaçant ; mais sa joie ne trouva pas d'écho dans le cœur de ses compagnons. Ils demeurèrent sombres et impassibles, sous l'impression trop récente encore de son lugubre récit.

Il voulut changer alors le cours de ses idées :

— J'ai reçu, dit-il, une lettre de mon frère ; son régiment a été licencié et lui, mis à la retraite; il revient à pied de Toulon et serait arrivé déjà, je suppose, si le mauvais temps ne l'avait contrarié dans son voyage et ne l'avait forcé de s'arrêter quelque part. Il doit être bien changé, le pauvre cher homme; voilà bientôt dix-sept ans que je ne l'ai vu.

On vieillit vite à l'armée, et quoique moins âgé que moi de dix années, je crains de le retrouver aussi abattu, aussi voûté que moi. Après tout, la jeunesse n'a qu'un temps, et, à vivre misérable, mieux vaut vieillir rapidement; les années qui vous restent à souffrir se trouvent abrégées d'autant.

Ici le vieillard essuya une larme; ses idées sombres revenaient à son esprit. Il jeta un morne regard sur ses compagnons pensifs et consternés, inclina la tête et ne détourna plus ses yeux du manteau de la cheminée où brillait un feu pétillant. Une flamme bleuâtre, volage comme un feu follet, voltigeait le long de la bûche et léchait timidement les flancs rebondis d'une vaste bouilloire en fer. L'eau bouillonnait impétueusement sous le lourd couvercle d'où la vapeur s'exhalait en gémissant; c'était comme une musique étrange qu'accompagnaient les sifflements de la bise.

En ce moment, le bruit sec et saccadé d'un vieux coucou qui marquait les heures vint tirer le vieillard de sa torpeur. L'horloge sonna sept fois, puis tout rentra dans le silence.

La mère Moreau sommeillait toujours. Tout-à-coup, trois coups secs frappés à la porte d'entrée l'éveillèrent en sursaut. Les trois hommes se regardèrent; mais pas un ne se leva; on eût dit que la frayeur les avait tous cloués à leur place.

— J'ai peur, fit la cabaretière.

— Ouvrez, cria du dehors une voix rauque.

Le vieillard se redressa lentement, s'arma d'un fusil appendu au mur et alla ouvrir la porte.

Il recula tout effaré.

Une forme étrange fit irruption dans l'appartement. La cabaretière poussa un cri, les deux buveurs se levèrent, le vieillard arma son fusil.

— Ne vous dérangez pas, dit l'inconnu, et vous, l'ancien, ménagez votre poudre.

Il repoussa la porte rudement, jeta un regard autour de lui et, s'approchant de la table, y déposa le lourd attirail de ses bagages. Un grand chien d'une race indécise, et dont les poils longs et de couleur sombre déguisaient à peine la vieillesse et l'extrême maigreur, apparut à ses côtés. Il étirait son cou décharné, humant la chaleur de l'âtre et les succulentes émanations de la bouilloire; il s'élança tout à coup vers le foyer en poussant un aboiement de joie.

Cependant, la cabaretière blottie dans un coin, pâle d'effroi, recommandait son âme à Dieu dans une fervente oraison mentale. Ses dents claquaient de frayeur et ses jambes flageolaient. Les trois laboureurs suivaient avec anxiété chaque mouvement de l'étranger; l'aspect bizarre et farouche de ce dernier justifiait d'ailleurs les divers sentiments qui les agitaient.

Représentez-vous une figure hâve et amai-

grie , à laquelle une barbe inculte donnait un
aspect repoussant, un emplâtre en taffetas vert
sur l'œil gauche, des cheveux gris, une haute
taille voûtée par l'âge, de longs bras décharnés,
tel était le portrait de notre inconnu. Sa tête
disparaissait à moitié dans un bonnet de peau
de chèvre d'une forme étrange ; il drapait son
corps dans un ample manteau de bure qu'il
ramenait sur ses épaules et laissait entrevoir
parfois , dans ses brusques mouvements , des
pantalons en drap bleu comme en portaient
alors les soldats. Le reste de son équipement
et sa tournure martiale paraissaient d'ailleurs
dénoter chez lui cette profession.

Il portait un sac d'infanterie bouclé sur le
dos, un fusil de munition en bandoulière, deux
pistolets à sa ceinture, un cimeterre turc à son
côté. Un vieux bonnet à poils', usé par le ser-
vice, lui remplissait l'office de valise et excitait
par ses formes rebondies la curiosité des spec-
tateurs. Une poudrière en peau de buffle , un
couteau de chasse suspendu à son ceinturon,
un bidon, une paire de bottes et un bâton ferré
complétaient le reste de son bagage.

Il examina lentement et avec soin chacune
des parties de son équipement , déposa le tout
par ordre contre le mur , tira de son bonnet à
poils une pipe turque noircie et alla s'asseoir
contre le foyer. Son chien le flaira , vint lisser
son long poil contre son manteau de bure et
se coucha à ses pieds, trahissant sa satisfaction
par un sourd murmure.

Les laboureurs échangent alors un regard
d'intelligence et prennent congé de l'aubergiste
par un timide BONSOIR ! La mère Moreau se
lève précipitamment, se cramponne au bras de

l'un d'entre eux, et d'une voix étouffée par la frayeur :

— De grâce, lui dit-elle, ne m'abandonnez pas.

Celui-ci veut se dégager de son étreinte ; il est peu désireux de rester plus longtemps ; mais les supplications et les larmes de la bonne femme lui vont au cœur ; il consulte des yeux ses compagnons et tous trois, quoiqu'à regret, se décident à ne point partir.

Ils se tiennent alors à quelque distance de l'étranger et le considèrent attentivement : ils observent son aspect étrange, son costume fantastique et l'arsenal qu'il a apporté. Une idée subite, instantanée, vient traverser leur esprit :

— Cet homme, dit tout bas le plus âgé, c'est !
— C'est.... l'assassin !

Un frisson les fait tressaillir et hérisse leurs cheveux sur leur tête.

Cependant l'inconnu était silencieux ; il aspirait lentement la vapeur de son vieux *chibouck* et s'entourait d'un nuage de fumée. Une pensée sombre venait parfois rembrunir son front et lui donner une expression soucieuse. Mais il paraissait étranger aux passions diverses qui s'agitaient autour de lui et semblait ne point s'être rendu compte de la frayeur qu'il inspirait.

Après une heure environ d'un silence obstiné de part et d'autre, l'étranger se leva, jeta sur la table un écu de six francs et, s'adressant à la cabaretière :

— A boire, lui dit-il.

Celle-ci servit un broc de vin.

Il l'avala presque d'un seul trait et en but un second, puis un troisième ; à mesure qu'il buvait, sa voix s'échauffait comme par degrès, son visage s'enflammait, son œil flamboyait d'un éclat inaccoutumé.

— Je veux manger maintenant, s'écria-t-il, en accompagnant sa parole d'un vigoureux coup de poing sur la table.

L'aubergiste déposa devant lui un potage fumant.

L'étranger appela alors son chien :

— Ici, vieux Kador, viens partager le repas de ton maître, mon pauvre aveugle. Nous n'avons qu'un œil à nous deux, ajouta-t-il en ricanant d'un rire féroce.

Quand il eut brutalement dévoré son repas, et que les fumées du vin eurent alourdi son cerveau délabré par l'âge, il pencha sa tête sur sa poitrine et tomba lourdement sur le pavé. Le vin l'avait endormi.

Les laboureurs écoutèrent quelques instants sa respiration bruyante et ses ronflements sonores, puis, assurés que la boisson l'avait dompté, ils tinrent conseil entr'eux à voix basse.

— Que faut-il faire de lui, dit le plus jeune des trois. Voulez-vous que nous l'attachions solidement et que nous allions demain le porter à Arles pour le livrer à la justice ?

— Ce serait le parti le plus sûr, répondit un de ses compagnons.

Le vieillard hocha la tête :

— Pouvons-nous savoir quel est cet homme ?

Avons-nous le droit d'attenter à sa liberté ? Nous le croyons un assassin, il est vrai, mais avons-nous des preuves contre lui ? Qui de nous peut affirmer que cet homme est coupable ?

— Mais ses armes, les comptez-vous pour rien ? répliqua le plus jeune. Est-ce là l'attirail d'un honnête et paisible voyageur ? Regardez son visage, et dites-moi si c'est la face d'un chrétien ? Croyez-moi, mes amis, c'est Dieu qui nous le livre, et il dort ce soir de sa dernière ivresse.

— Dans tous les cas, reprit le second, si ce n'est pas un assassin, c'est tout au moins un grand coupable, un sorcier, peut-être, une créature du démon. Tenez ! voyez son chien, comme il nous écoute, comme il nous regarde avec ses yeux aveugles. J'en jurerais sur mon âme, le chien au moins est sorcier !.. Voyez ! il nous a entendus, il nous a compris, il tire avec les dents le manteau de son maître ; il gémit à son oreille pour l'éveiller... S'il allait l'éveiller !

— Les animaux, dit le vieillard, ont quelquefois un instinct qui tient du prodige. Ils flairent le danger ; mais leur intelligence brute et grossière cède toujours devant les besoins matériels. Jetons-lui un os à ronger, il oubliera son maître.

Comme pour donner un démenti à cette parole, le vieil animal se leva, montra les dents, poussa un grondement de colère et se raidit sur ses jambes devant le corps de l'étranger.

Les trois laboureurs se regardèrent, muets d'étonnement.

Sainte Marie-Magdeleine, ayez pitié de moi !

murmura la cabaretière à genoux dans un coin.

Le vieillard avisa alors le bonnet à poils servant de valise qui gisait à deux pas de lui. Il porta le doigt à sa bouche pour recommander le silence, s'empara du mystérieux havresac et le vida sur le parquet. Il en sortit diverses provisions de bouche, quelques effets de lingerie, sans aucune marque, un fez en laine rouge, quelques plantes desséchées, un poignard égyptien, un livre de botanique et enfin un portefeuille en cuir de Maroc orné d'un fermoir d'acier.

Le vieux laboureur hésite quelques instants avant de violer le secret de ce portefeuille. De quel droit va-t-il fouiller ces papiers pour leur dérober leurs mystères? N'est-il pas déloyal et même infâme de voler ainsi le secret d'un homme, de sonder les arcanes de son existence, d'attenter aux souvenirs intimes de sa vie passée? Son cœur battait avec violence dans sa poitrine, une voix intérieure lui criait: Sacrilége! Un instant il faiblit; il voulut replonger au fond du havresac le portefeuille qui brûlait ses mains. La gravité de la circonstance, la curiosité, les exhortations de ses amis le retinrent. Il ouvrit le fermoir d'une main tremblante.

Les premiers feuillets étaient déchirés, d'autres maculés par un liquide de couleur sombre. Des pages entières avaient été effacées avec soin.

Il était évident qu'une question d'intérêt personnel avait fait raturer ces lignes, compromettantes peut-être. Le restant, tracé par une main mal exercée, n'offrait que des caractères illisibles ou des phrases tronquées et sans cohérence. C'étaient des noms de villes ou de fleurs, des opérations de calcul, des indications de jours et de mois sans la date de l'année, des comptes de dépense et enfin des noms bizarres et étrangers empruntés à une langue ou à une science inconnue du vieux laboureur. Mais aucun de ces noms, aucune indication, aucune adresse, ne pouvait mettre sur la trace du mystère que l'on cherchait.

Le vieillard, d'abord timide et indécis, s'animait peu à peu dans l'ardeur de ses recherches; la curiosité semblait avoir fait place, dans son esprit, à un sentiment plus noble; un autre mobile l'excitait, un pressentiment peut-être, ou bien un de ces mouvements intérieurs dont on ne peut se rendre compte, et qui exercent sur nos sens une fatale et irrésistible pression.

Ses deux compagnons se tenaient à ses côtés, la bouche béante d'impatience. Ils dévoraient des yeux ces pages oblitérées que leur ignorance ne leur permettait pas de déchiffrer; ils maudissaient tout bas leur manque de savoir et la science infructueuse du vieux laboureur qui venait échouer devant ces quelques lignes.

Tout à coup un cri inarticulé, une exclamation de surprise, un frémissement d'horreur s'échappa des lèvres du vieillard. Sur le dernier feuillet du portefeuille, après une indication de date et quelques mots qu'il ne comprit point, le vieillard avait découvert une signature portant le nom de *Trophime Angelbert.* La phrase qui précédait était ainsi conçue :

Giseh, 2 thermidor an VI, visite de Josaphat.

Le vieux laboureur frémit ; ses yeux s'injectent de sang. Il referme le portefeuille et le place sur sa poitrine ; puis, repoussant ses deux amis qui l'entourent, remplis de trouble et d'inquiétude, il reprend son fusil et accourt devant l'étranger, encore étourdi par l'ivresse. Le chien aveugle se relève d'un bond pour défendre son maître ; un coup de crosse l'étourdit et le rejette expirant à l'extrémité de la salle.

— A nous deux, maintenant ! s'écria le laboureur, et du pied il réveilla l'ivrogne.

Celui-ci bondit sous ce coup douloureux et alla retomber à deux pas de là, renversant dans sa chûte la table sous laquelle il avait dormi et la lampe qui éclairait cette scène.

Tout rentra dans l'obscurité.

— Gardez la porte, mes amis, cria le vieillard, il ne faut pas que le meurtrier nous échappe.

L'ivrogne étendit ses mains dans l'obscurité, chercha pour se relever un point d'appui et appela son chien.

Un faible soupir, un glapissement mourant lui répondit.

— Elle a trop bu, cette pauvre bête, murmura l'ivrogne.

Le vieillard, guidé par le bruit, retrouva celui qu'il cherchait. Il lui mit un pied sur la poitrine, et d'une voix où grondait la colère :

— Misérable assassin, lui dit-il, qu'as-tu fait de mon frère ?

— A la garde ! au meurtre ! râla l'ivrogne.

— Où est mon frère ? Où est Trophime ?.. Réponds.

— J'étouffe , je me meurs... Grâce!... Grâce !...

— As-tu fait grâce à l'innocent que tu as frappé ? As-tu accordé merci à ta victime ? Meurtrier et voleur, tu vas expier ton forfait.

Et brandissant son arme d'une main fébrile, le laboureur appuya la gueule de son fusil sur la poitrine de l'étranger.

Un remords le retint.

— Mais non , se dit-il , il n'est pas temps encore. Je veux savoir où il l'a tué, ce qu'il a fait du cadavre. J'en ai découvert un ce matin... Si c'était lui!. Je ne l'ai pas reconnu... mais il le sait , lui... il le dira... Je saurai bien lui arracher un aveu , une parole...

— Parle , malheureux , où est-il ? Qu'as-tu fait de lui? Réponds.

— Je dirai tout , répondit l'ivrogne d'une voix sombre.

L'émotion l'avait dégrisé. Il se traîna péniblement jusqu'à la table renversée et s'assit sur les débris. En ce moment, la lampe qu'on venait de rallumer , projeta une vive lumière et vint éclairer son visage pâle. Les laboureurs en le regardant , ne purent réprimer un frisson, et le vieillard lui-même frémit à son aspect.... L'inconnu n'était plus le même homme.

Son bonnet en peau de bouc et son taffetas vert étaient épars dans l'appartement ; sa tête

mise à nu laissait voir un large front, un visage
mâle et sans rudesse défiguré par les cicatri-
ces, des traits nobles et distingués, une barbe
vénérable et des yeux voilés de larmes.

Il se leva lentement et d'un air digne, promena ses regards sur ceux qui l'entouraient, et,
appuyant une main sur son cœur, voulut
prendre la parole; il ne put proférer que des
sons inarticulés; les sanglots étouffèrent sa
voix.

Il tire alors d'un étui en fer un papier roulé
et le présente au vieillard. Celui-ci le parcourt
des yeux avec avidité, avec frénésie. Un doute
s'empare de son esprit; un transport subit
semble réagir sur tout son être. Il s'élance
sur l'étranger, saisit sa main qu'il broie dans
les siennes, le fixe, le contemple, le dévore
des yeux et s'écrie d'un ton déchirant:

— Dis-moi si tu es mon frère!

L'inconnu essuya une larme qui perlait à sa
paupière. Il ouvrit la bouche pour répondre,
mais la parole expira dans son gosier. Il s'affaissa sur lui-même et tomba lourdement sur
le parquet.

III.

Les deux Frères.

Les émotions s'effacent bientôt, les évènements s'oublient vite dans les villages. La monotonie du travail, l'activité des habitants, les
constantes occupations d'une vie laborieuse

ne tardent point à jeter le voile de l'oubli sur
les rares incidents qui peuvent troubler les habitudes paisibles de nos campagnes.

Les commérages et les caquets, apanages de
la vie sédentaire et de l'oisiveté, sont inconnus
dans les hameaux. Le loisir manque aux laboureurs pour se mêler des affaires d'autrui ;
leurs relations restreintes et la demie-solitude
de leurs champs les rendent peu communica-
tifs et les habituent de bonne heure à la vie
contemplative et silencieuse.

Aussi, les évènements racontés plus haut ne
laissèrent-ils dans Raphèle qu'une impression
légère bientôt oubliée. Le bruit se répandit
dans les campagnes voisines, que Trophime
Angelbert était retourné ; mais peu de villa-
geois l'avaient connu dans sa jeunesse, la
plupart de ses amis étaient morts, et dix-neuf
années d'absence avaient brisé toutes ses relations passées.

L'auberge du *Cheval Blanc* reprit, dès le
lendemain, sa physionomie et son calme ac-
coutumés ; le mistral souffla huit jours durant,
la girouette grinça sur son pivot rouillé, le
coucou sonna ses heures, la bise gémit toujours à travers les cloisons, mais l'aubergiste
rassurée vint chaque soir, comme par le passé,
consulter du regard l'horizon brumeux pour
découvrir de loin l'arrivée des voyageurs.

A vingt minutes du village, sur le chemin
qui menait à Arles, s'élevait alors, au milieu
des amandiers, une blanche maisonnette au
toit de chaume. Elle existe encore aujourd'hui,
sur le bord de la route, à la droite du voyageur qui porte ses pas vers Raphèle. Un incen-
die allumé, dit-on, par de jeunes gens étourdis,

en consuma la toiture il y a plusieurs années;
les murailles seules restent debout et abritent
parfois encore la halte improvisée de quelques
noirs enfants de la Bohême.

C'est là que demeurait Guillaume Angelbert,
le frère du soldat et l'un des héros de notre his-
toire. Veuf depuis plusieurs années, il parta-
geait tous ses soins entre quelques arpents de
terre qui suffisaient pour le nourrir, et l'édu-
cation d'une petite fille blonde et rose, le seul
enfant que Dieu lui eût laissé. Elle comptait
sept ans à peine et s'appelait Marguerite ; elle
portait le nom d'une fleur, comme sa sœur ju-
melle Rose, que la mort avait cueillie quelques
jours après sa naissance.

Rien de calme, de paisible, de solitaire,
comme la vie du vieux laboureur. Des cha-
grins encore récents, la pauvreté, l'approche
de la vieillesse, lui avaient fait rompre peu à
peu toutes ses relations ; quelques rares visites
à l'aubergiste, sa parente, faisaient seules di-
version à la solitude et à la monotonie de son
existence.

Le lendemain pourtant de l'arrivée du voyageur, la cabane du vieux Guillaume révélait
une animation inaccoutumée. Deux chiens se
grondaient et se querellaient sur le seuil. L'on
entendait à l'intérieur un bruit confus de voix
humaines. La fumée s'élançait joyeuse sur les
toits, et le vent tourbillonnant dans la cheminée, mêlait ses sifflements aux éclats d'une
gaîté franche et bruyante. Guillaume Angelbert
en compagnie de quelques amis, fêtait le retour de son frère.

Les débuts du repas furent graves et presque solennels. Inconnu de ses convives, le

vieux soldat produisit sur eux une étrange impression. Sa physionomie mouvante et indécise, l'éclat de son regard qui semblait recéler
le charme du serpent, sa longue barbe d'un
gris fauve et le costume pittoresque qu'il n'a-
vait pas voulu quitter impressionnèrent vive-
ment ces hommes de la nature. Le timbre même de sa voix et la difficulté qu'il éprouvait à
parler la langue provençale, furent remarqués
avec étonnement. Les laboureurs hasardèrent à
regret avec le soldat une poignée de main peu
franche et peu cordiale ; ils retirèrent leurs
doigts avec empressement comme si ce contact
les eût brûlés. Trophime Angelbert n'était
point à leurs yeux un homme de leur espèce ;
il paraissait avoir en lui quelque chose du démon.

Cependant, lorsque le fumet d'un vin généreux et les plaisirs d'une table abondante eurent réjoui tous les cœurs, les convives d'Angelbert se montrèrent plus expansifs, plus
confiants. Ils parlèrent au vieux soldat des
souvenirs de leur jeunesse, des guerres de la
République, auxquelles deux d'entr'eux avaient
pris part, de leurs travaux enfin et de leur famille. La conversation s'échauffa, les rasades
se succédèrent ; l'on but à l'heureux retour de
Trophime, à la santé de chacun, à toutes les
prospérités.

Un paysan facétieux osa même porter un
toast au futur mariage du soldat. Celui-ci l'arrêta d'un geste et l'on put remarquer à la con-
traction de son visage qu'on venait, sans le
vouloir, d'éveiller dans son esprit de pénibles
souvenirs.

Mais ce ne fut qu'un léger nuage bientôt
dissipé. Trophime noya dans le vin les der-

niers restes de sa tristesse ; l'effet de la plaisanterie ne parut point survivre à de copieuses libations , et le soldat fondit en larmes en se séparant de ses nouveaux amis.

Le vin, comme l'amour, est un être capricieux qui nous rend, malgré nous, timides ou farouches , sans que rien ne paraisse excuser ces sentiments divers.

Les quelques jours qui suivirent marquèrent peu dans la vie du vieux soldat. La transition d'une existence agitée aux mœurs paisibles de la campagne , la nouveauté des habitudes , le calme et la tranquillité succédant au tumulte des armes et à la vie orageuse des camps, ne produisirent sur lui qu'une impression momentanée. Une indifférence complète sur toutes choses, une apathie que rien ne pouvait vaincre, semblaient le fond de cette nature étrange, de ce caractère indéfini et insaisissable. L'amour du vin et des fleurs était son unique passion. Il joignit bientôt à cet amour une affection profonde pour sa nièce, frêle et timide créature qui n'osait encore l'appeler son oncle et s'enfuyait à son aspect.

Ainsi s'écoula la première semaine du séjour de Trophime dans Raphèle. Il l'avait consacrée presque toute entière à disposer à son usage et d'après ses goûts, sa nouvelle habitation. Tandis que son frère travaillait aux champs, que sa nièce Marguerite allait déjà, malgré sa jeunesse, recueillir le long des buissons les baies sauvages pour sa basse-cour, l'herbe pour ses agneaux ou les brins de bois pour son feu ; tandis que les deux chiens au dehors se disputaient la meilleure place au soleil ou dans le chenil , le vieux Trophime resté seul au logis se préparait dans un coin un lit de feuilles

sèches, arrangeait le long du mur son arsenal
de guerre , appendait de tous côtés ses pipes
turques, clouait derrière la porte un lézard des-
séché, disposait un rayon pour quelques vieux
livres , ornait la cheminée de coquillages,
la muraille de plantes et la maison d'une foule
d'ustensiles inconnus jusqu'à ce jour. Un cimeterre , suspendu au chevet de son lit , remplaçait le Crucifix qui protége toujours la couche des laboureurs.

Quand ces travaux d'intérieur furent ache-
vés, Trophime retomba dans son indolence. Il
passait des journées entières à vider des brocs
de vin, savourer son tabac d'Egypte ou dormir
sur la table en rêvant tout haut. Parfois la boisson l'hébétait, altérait sa raison déjà délabrée,
donnait à son regard une expression farouche.
injectait ses yeux de sang. D'autrefois , il se
prenait à verser des larmes , frappant sur sa
poitrine avec énergie et prononçant des mots
étranges. Il prenait alors sur ses genoux la
douce Marguerite, qui peu à peu s'était habi-
tuée à ne plus avoir peur de lui, caressait de
la main sa blonde chevelure et embrassait l'enfant au front en pleurant. La douce enfant
pleurait aussi et le soir racontait tout bas à son
père ces scènes intimes. Le laboureur fronçait
le sourcil, jetait sur son frère un regard moitié
compatissant, moitié sévère, et ne disait rien.
Il étouffait évidemment dans son cœur quelque
doute secret, quelque poignante pensée.

Les deux chiens ne se réconcilièrent point.

Trois semaines environ après l'arrivée du
soldat , la bonne amitié des deux frères faillit
se rompre à jamais. Guillaume était pauvre.
infirme et n'avait que ses bras. Il ne déguisa
point au soldat qu'il ne pouvait plus le nourrir

et l'engagea à travailler, lui promettant de lui trouver de l'ouvrage.

Ce fut un coup de foudre pour Trophime. Gâté par la vie militaire, qui assure au soldat son pain quotidien sans préoccupation ni souci, Trophime ne pouvait comprendre la nécessité du travail. Il se raidit contre la volonté de son frère et ce qu'il appelait son exigence. Son caractère s'aigrit, des paroles dures et blessantes s'échappèrent de sa bouche, une rupture eut lieu entre les deux frères.

Elle ne dura qu'un moment.

Un revirement soudain s'opéra dans l'esprit de Trophime. La raison se fit jour dans son cerveau troublé par la boisson, le remords pénétra dans son âme. Le soldat reconnut ses torts, se jeta en pleurant dans les bras de Guillaume et promit de s'occuper.

Il possédait quelques connaissances en botanique; il résolut de les utiliser et se fit herboriste. Il préféra cette profession aux rudes travaux des champs que ses mains, d'ailleurs, avaient désappris.

La terre semblait renaître sous les premiers feux du soleil d'avril. Les arbres se couvraient de feuilles, la verdure émaillait les prés, le zéphir printanier remplaçait la bise. Les transitions des saisons sont douces et rapides sous le beau ciel de la Provence; une journée de printemps fait disparaître à jamais les traces du plus rude hiver.

Trophime s'arma résolument de son bissac, fit de son chien aveugle son compagnon de route et alla herboriser dans la Crau. Il connaissait les plantes et leurs vertus, leurs diverses applications dans les sciences et dans

l'industrie. Il avait possédé jadis quelques no-
tions élémentaires de chirurgie , fort utiles à
un soldat; de plus, il avait appris, dans sa vie
aventureuse en Egypte , certaines pratiques
médicales d'une heureuse efficacité. Il joignait
à cela beaucoup de superstition , croyait aux
sorciers et à la magie et pratiquait même un
peu les sciences occultes. Il conjurait le mauvais œil, les fièvres et le mal caduc , levait les
sorts , guérissait les entorses d'un signe de
croix et la rage des dents par quelques paroles.

Sa réputation se répandit d'un bout à l'autre
de la Crau d'Arles. Quelques cures merveilleuses confirmèrent sa brillante renommée et as-
surèrent à l'herboriste de nombreux visiteurs.
Partout connu dans ce vaste territoire , son
nom fut vénéré comme celui d'un être fantastique dont la puissance mystérieuse adoucis-
sait les souffrances , calmait les douleurs.

Trophime partait au point du jour , chargé
de son herbier et suivi de son chien aveugle.
Il explorait en tous sens la Crau pierreuse,
recueillant parmi les cailloux ces herbes cour-
tes et amères dont il composait ses médicaments.

Souvent il portait ses pas vers les marais so-
litaires *des Chanoines* et *de la Chapelette*. Il
aimait les âpres senteurs des plantes maréca-
geuses, les sifflements plaintifs de la bise dans
les roseaux , la solitude des marécages. Il re-
cherchait les lieux les plus isolés, les sites les
plus déserts. Là seulement, son âme sans
cesse inquiète semblait goûter quelque repos.
Il venait y passer des journées entières , dor-
mant au milieu des joncs ou laissant flotter

son esprit au cours de ses rêveries ; sa nature inculte et sauvage était doucement émue par la beauté majestueuse de ces lieux.

Le soir , quand des myriades d'oiseaux venaient en gazouillant s'ébattre dans les sarrettes , que les carpes , sortant des roseaux , allaient chercher leur pâture en faisant clapoter l'eau sous leurs flancs , que le soleil dorait la surface des marécages et que de tous côtés s'élevaient vers le ciel ces vagues bourdonnements qui indiquent la nuit , le vieillard savourait à pleins poumons la brise fraîche et odorante imprégnée des senteurs amères du nénuphar , du plantain aquatique et du trèfle d'eau.

Les *palus*, comme les montagnes, ont leur poésie ; la nature est toujours belle sous toutes ses formes, car partout elle révèle le souffle puissant de la divinité.

IV.

La Croix de Belle-Ombre.

Un jour qu'il s'était mis en route un peu plus tard que de coutume , l'herboriste se dirigea vers St-Martin-de-Crau.

C'était au mois de juillet ; la chaleur était accablante. Le soleil dardait à plomb ses rayons brûlants, desséchait les herbes et torréfiait les cailloux.

Par ces chaleurs presque tropicales , la partie de la Crau voisine des marais est insalubre et malsaine. Les plantes aquatiques pourrissent dans les ruisseaux desséchés et infectent l'air de leurs miasmes. Des fièvres fréquentes y affligent les habitants.

Le vieux soldat éprouvait à cette époque ces malaises continuels causés par l'impureté du climat ; sa constitution maladive et l'exaltation naturelle de son esprit en aggravaient les symptômes , et les excès de boisson auxquels il se livrait chaque jour ne faisaient qu'empirer le mal.

Il venait de passer une nuit affreuse , en proie à l'insomnie et au délire. Son visage pâle et ses yeux battus trahissaient sa souffrance. Sa situation morale semblait se ressentir de ses douleurs physiques.

Il partit suivi de son chien comme d'habitude. Il s'arrêta quelque temps à Raphèle pour vider plusieurs brocs de vin et continua sa route. C'était la première fois qu'il suivait cette direction. Soit par fantaisie ou caprice , soit que la nature de son travail l'éloignât de ces lieux , il n'avait point osé franchir , jusqu'à ce jour, l'extrémité du village. Si parfois ses affaires ou ses besoins l'avaient appelé dans la pleine Crau , il avait constamment évité cette route, en contournant au nord vers Moulès, ou en longeant les marais.

Ce ne fut point sans hésitation et sans trouble qu'il poursuivit son chemin. Quelques laboureurs qui le rencontrèrent, attribuèrent à l'ivresse sa démarche chancelante, et lui jetèrent quelques brocards. Ils se montrèrent en riant sa face empourprée, où deux yeux égarés nageaient à fleur de tête , sa barbe inculte et son crâne découvert et pelé , reluisant au soleil.

Trophime endura d'un air hébété ces gros-
sières railleries. Son esprit, alourdi comme sa
démarche, semblait errer dans d'autres ré-
gions.

Cependant la distance s'effaçait peu à peu
sous ses pas, et bientôt il put voir à l'horizon,
se détachant sur le ciel bleu, les cimes touf-
fues des bosquets de Belle-Ombre. Entrevu
dans le lointain, au milieu des *coussouls* in-
cultes qui l'entouraient, ce massif d'arbres
séculaires offrait à l'œil du voyageur l'aspect
d'une île verdoyante ou d'une fantastique oasis.
Là était la fraîcheur, là était l'ombrage, tandis
que tout autour, au milieu des cailloux, une
herbe sèche et fanée semblait pâtir de la rosée
du Ciel.

Tout à coup le chien aveugle, le vieux Kador,
fit entendre un gémissement plaintif. Il flaira
dans la direction du vent, ouvrit d'un air menaçant sa gueule édentée et poussa un hurle-
lement lugubre. Le vieux soldat tressaillit. Il
promena ses regards autour de lui et reconnut
le lieu où il se trouvait. Il passa la main sur
son front comme pour en chasser un souvenir
pénible.

Quelques instants après, au bord du ruis-
seau qui longeait la route, à la bifurcation de
deux chemins, il entrevit sur un tertre une
croix fraîchement plantée. Le chien s'arrêta
brusquement, fit entendre par trois fois ses
hurlements affreux et se roula dans la poussière.

— Josaphat! Josaphat! s'écria le vieillard
d'une voix déchirante. Il tendit les mains vers
la croix, s'élança dans sa direction et vint
tomber lourdement au pied du tertre.

. . . .

Il était nuit; la lune suivait paisiblement sa course dans un ciel sans nuage , inondant de flots de lumière la vaste plaine de la Crau. Les cailloux luisaient comme des diamants sous son éclat azuré , tandis que les arbres projetaient au loin leurs ombres vagues et mouvantes. Un silence profond régnait dans la plaine , troublé seulement par intervalles par les aboiements lointains de quelques chiens de garde , dans les rares métairies répandues dans les environs. Les oiseaux nocturnes portaient dans les airs leur vol vagabond en agitant leurs ailes de couleur sombre, et les hiboux, dans les troncs des vieux arbres, dialoguaient lentement leur lamentable chanson.

Je ne connais rien d'effrayant comme la nuit et la solitude, dans ce désert qu'on nomme *la Crau*. Ces bruits vagues et incertains qui parcourent la campagne y semblent les gémissements de la nature désolée, quand les ombres du crépuscule viennent s'épandre sur elle comme un lugubre linceul.

Ces réflexions que me suggère en ce moment la suite de mon récit se présentaient en foule à l'esprit d'un voyageur qui avait quitté ce soir-là l'auberge du *Lion d'Or* pour s'acheminer vers Arles.

Son teint bronzé que la lueur bleuâtre de la lune noircissait encore, ses cheveux crépus, sa taille ramassée, les haillons dont il était couvert et l'attelage qu'il conduisait , dénotaient au premier coup d'œil un enfant errant de la Bohême. Il traînait après lui , à grand'peine , un cheval maigre et efflanqué, attelé à une voiture couverte. Plusieurs enfants dormaient dans l'intérieur du véhicule, sur le devant duquel était assise une jeune femme. Elle s'entretenait avec le piéton pour abréger l'ennui de la route, et peut-être aussi pour dissiper la frayeur qui paraissait l'assiéger.

— Je vois dans le lointain, dit-elle au conducteur, deux chemins qui se croisent : comment reconnaîtrons-nous celui qu'il nous faut suivre de préférence ?

— Que ce soit l'un ou l'autre, reprit le piéton, que nous importe ? Pour nous, tout chemin ne mène-t-il pas à la misère ?

Et, d'un violent coup de fouet, il voulut presser l'allure de son cheval qui s'arrêtait. Mais celui-ci se raidit sur ses jambes de devant, dressa les oreilles et poussa un hennissement de frayeur.

En ce moment, un hurlement lointain et prolongé glaça d'effroi la jeune femme. Elle jeta un cri et vint se serrer au bras de son compagnon.

Un vol de corbeaux traversa l'espace en agitant les airs sous le frôlement de ses ailes, et un loup fit entendre au loin son cri rauque.

— Que sera donc tout ceci ? se demanda le Bohémien avec inquiétude.

Il porta ses regards du côté d'où venaient ces bruits et aperçut des ombres flottantes et indécises dont la distance ne lui permit pas de reconnaître la nature.

Un second hurlement, plus lugubre et plus affreux, fit retentir la plaine. Puis ce furent des sons lamentables, des cris inarticulés, dont aucune oreille humaine n'eût pu préciser l'origine.

Brave de sa nature, le bohémien trembla malgré lui. Au milieu de la solitude, à pareille heure de la nuit, ce drame mystérieux présentait à son esprit mille images terribles, que l'incertitude rendait plus effrayantes encore.

La connaissance du danger exalte le courage ; mais le péril inconnu peuple notre imagination de fantômes et énerve notre cœur.

Le Bohémien voulut secouer cette crainte superstitieuse et fantastique qui l'obsédait. Il retira de sa voiture un fusil qu'il y tenait caché, assujettit à son bras le licou du cheval pour le forcer à marcher et s'avança résolument malgré les supplications et les cris de terreur de sa compagne.

Il découvrit à cinquante pas devant lui la silhouette d'un monticule où s'élevait une croix de bois noir. Des myriades de corbeaux voletaient autour de la croix ou venaient se percher sur elle, en remplissant les airs de leurs tristes croassements. Un loup se tenait en arrêt derrière le monticule, guettant sans doute une proie, tandis qu'un animal de forme inconnue, au poil hideux et hérissé, se vautrait dans la poussière en hurlant.

Le bohémien ajusta son fusil, visa quelques instants et fit feu. Les échos se renvoyèrent au loin l'éclatante détonation, puis tout rentra dans le silence. La fantastique vision avait disparu.

La jeune femme et son compagnon s'approchèrent du monticule en tremblant. Ils reculèrent pâles d'effroi. Un homme gisait sur le sol les mains étendues, la face contre terre.

— Fuyons, s'écria la Bohémienne, ce lieu est maudit : il a été le théâtre d'un crime.

— Oh ! non, répondit son compagnon. Je ne veux pas partir ainsi. Je ne veux point passer outre sans examiner ce cadavre. Peut-être cet homme vit-il encore ! Peut-être pouvons-nous le sauver !

— Mais s'il est mort, reprit la Bohémienne.

— S'il est mort, je constaterai le crime et nous irons à la ville voisine déclarer à la justice ce que nous avons vu.

— Y songes-tu, malheureux ! s'écria la jeune femme. Ignores-tu que notre race est mal vue, entourée de soupçons, accusée de tous les méfaits ? Si on allait nous croire coupables !..

— La conscience, femme, doit étouffer de pareilles craintes. Pars, si tu veux ; pour moi, je reste, je veux regarder ce cadavre.

Le Bohémien prit alors la lanterne qui éclairait l'avant-train de sa voiture, et approcha la lumière du visage de l'inconnu. Une odeur de vin, fortement prononcée, lui fit relever la tête avec dégoût.

— C'est un ivrogne, dit-il. S'il est mort, à coup sûr, ce n'est point à jeun. Essayons de le relever... Il n'a pas encore acquis la rigidité d'un cadavre... On ne l'a pas assassiné, je ne vois point de sang autour de lui. L'ivresse l'aura étourdi, à moins qu'un coup de soleil ne l'ait foudroyé... Mais, Dieu me pardonne ! je crois qu'il vit encore, son bras a remué... Allons, femme, un coup de main ; mettons le sur notre voiture et le transportons au village. D'après ce qu'on nous a dit, nous ne pouvons être loin de Raphèle, et là, peut-être quelqu'un le reconnaîtra-t-il.

La jeune femme obéit, quoiqu'en maugréant, et Trophime (car c'était lui), fut installé dans le véhicule. Le conducteur prit place à son côté et un violent coup de fouet activa la course du cheval.

L'on arriva sans encombre à Raphèle. Le premier soin du Bohémien fut d'aller frapper à la porte de l'auberge, qu'une enseigne mobile, pivotant sur ses gonds rouillés, lui fit reconnaître au premier abord. Il dut frapper à plusieurs reprises avant de se faire entendre.

L'aubergiste dormait d'un profond sommeil et ne se leva qu'à regret pour ouvrir à des inconnus à une heure aussi indue.

La mère Moreau jeta un cri en reconnaissant Trophime presque inanimé. Elle éveilla les voisins, fit déposer le corps sur un lit confortable et envoya quelqu'un à Guillaume pour le prévenir du malheur.

Le frère accourut aussitôt pour porter ses soins au malade. Un médecin d'Arles fut appelé dans la matinée; il déclara que les secours étaient inutiles et que Trophime ne tarderait pas à succomber. Le vieux soldat respirait encore, mais une congestion au cerveau l'avait plongé dans l'atonie et la crise devait nécessairement amener la mort.

La déclaration du docteur jeta chez tous les assistants la désolation et le deuil. Pendant toute la journée, la chambre où gisait la victime ne désemplit pas de visiteurs. L'herboriste était connu dans la Crau; ses habitudes peu sociables en vérité, ne lui avaient point fait d'amis; mais les cures merveilleuses et les conseils hygiéniques qu'il prodiguait obligeamment, lui avaient attaché bon nombre de laboureurs par les liens de la reconnaissance. La nouvelle de son malheur fut un deuil public dans Raphèle, et chacun voulut unir ses consolations et ses larmes à la douleur de Guillaume Angelbert.

Dans la soirée, pourtant, les visiteurs furent plus rares, et quand vint la nuit, il ne resta plus autour du lit, pour veiller le mourant, que le vieux Guillaume et Marguerite sa fille. L'aubergiste, fatiguée par l'âge et les pénibles émotions de la journée, était allée dans la chambre voisine goûter quelque repos.

Cependant les heures se succédaient sans amener sur la physionomie du malade ces signes rassurants du retour à la vie ou ces indices livides de la décomposition et de la mort. Assis dans un vieux fauteuil au coin de la cheminée, Angelbert comptait les minutes aux battements de son cœur ; le temps, pour lui, c'était l'espoir, c'était la vie, car le docteur avait déclaré que le mourant ne dépasserait pas minuit.

Sa jeune fille Marguerite, insouciante comme à son âge, sommeillait à ses côtés. Ce drame de chaque jour qu'on appelle la souffrance, dont la naissance est le prologue et la mort le dénoûment, affecte peu les jeunes âmes à peine épanouies. La nature vierge et féconde de ces existences à peine écloses, sourit encore aux joies de la vie, et n'acquiert que lentement l'expérience de la douleur.

Tout à coup, un gémissement rauque et prolongé, semblable à un hurlement plaintif, se fit entendre au dehors. Le vieillard sentit malgré lui son cœur se serrer.

— « Le pauvre Kador, se dit-il, pleure son maître ». Et les larmes coulèrent de ses yeux.

En ce moment le coucou sonna minuit. Le mourant sembla se relever d'une extase.

— Guillaume, Marguerite, cria-t-il d'une voix creuse et gutturale, à moi ! à moi !

Et, bondissant sur son lit de douleur, il étendit ses bras dans le vide comme pour saisir des images absentes.

— Guillaume, ici, Guillaume. Donne-moi mon cimeterre, mon pistolet, mon poignard. Je veux le tuer.. Il faut que je le tue.. A moi ! Kador, sauve ton maître. Malheur, vengeance, fatalité !. Serpents, hydres insaisissables, j'entends vos sifflements à mes oreilles ; je sens dans mes cheveux votre froid contact, votre venin glace mes veines... Je veux vous déchirer comme on déchire un lambeau...

Bientôt, se tordant dans les transes de l'agonie, Trophime retomba épuisé par ses efforts. Cette crise dura quelques minutes ; elle fut suivie d'un sommeil de plomb.

Après plusieurs heures de calme, le malade se réveilla ; il appela son frère :

— Guillaume, je veux tout t'avouer, tout te dire ; écoute... Mais jure-moi que ce que je te vais raconter demeurera un secret entre nous, et que nul autre que toi ne maudira ma mémoire. Frère, je veux faire ma paix avec Dieu, je veux dormir en terre sainte. Promets-le moi.

Guillaume saisit en pleurant la main du soldat ; les sanglots étouffèrent sa réponse ; mais, à travers ses yeux voilés de larmes, il put lire sur le visage pâle de Trophime la marche progressive de la maladie et les marques d'un dénoûment qui ne pouvait être éloigné. Il s'affaissa plutôt qu'il ne s'assit sur un siége, au chevet du mourant, et celui-ci commença son récit lugubre.

V.

Une nuit de garde.

— « Frère, dit-il, j'ai beaucoup souffert jusqu'à ce jour. Ces rides profondes qui sillonnent mon visage, les privations de toutes sortes, la faim, la soif, la misère et par dessus tout les tortures morales, les ont creusées avant le temps. Ma vie n'est qu'un tissu de souffrances et de douleurs, mêlées aux évènements les plus étranges, aux scènes les plus fantastiques, aux faits les plus bizarres et les plus incroyables. Bien des fois je me suis cru le jouet d'un songe; j'ai douté de mon intelligence, de la tranquillité de mon esprit, de ma raison. J'ai voulu repousser toutes ces illusions, toutes ces chimères, tous ces fantômes qui m'obsédaient. Mais la fatalité avait appesanti sur moi sa main de fer et avait enchaîné mon existence.

» Te souvient-il, frère, de cette soirée d'hiver (il y a quarante ans peut-être), qu'un vieillard inconnu, tout couvert de haillons, vint frapper à notre porte et nous demander l'hospitalité ? Je n'aimais pas les mendiants; je le repoussai rudement; mais lui, étendant vers moi son bras décharné, fit de la main un signe cabalistique et sortit en murmurant... Il m'avait jeté un sort !

» Le lendemain , tout mon corps se couvrait de taches rouges , et j'eus besoin , pour me guérir, d'aller en pélerinage aux Saintes-Maries de la Mer. Les rougeurs disparurent comme par miracle , mais le venin occulte de la Magie était inoculé dans mon sang. Dès ce jour, je fus prédestiné.

» Ce fut la prédestination qui dirigea mon enfance ; elle poussa ma jeunesse dans le vice et l'oisiveté ; elle a flétri mon âge mûr , elle a souillé ma vieillesse. C'est elle qui , à trente ans, me fit quitter notre chaumière, abandonner le soc pour l'épée , la vie paisible de nos campagnes pour les fatigues de la guerre et le tumulte des camps.

» Bien souvent , dans les combats, j'ai vu la mort face à face ; les balles sifflaient à mes oreilles, les bombes éclataient sous mes pas, les bayonnettes scintillaient à mes yeux éblouis ; je sentais déjà le froid du fer , mon sang refluait vers le cœur, et toujours une main invisible semblait écarter devant moi les armes menaçantes. La fatalité avait jeté sur moi son filet ; elle m'avait entouré d'un réseau impénétrable.

» Un jour, il m'en souvient bien , c'était le 2 thermidor an VI , j'étais à l'armée d'Égypte, sous Bonaparte , alors général. Je me rappelle cette date comme le début de ma vie aventureuse, de mes infortunes et de mes malheurs.

» Nous marchâmes toute la journée au milieu d'un pays dénué de culture , sous un ciel de feu et sur des sables brûlants.

» Une chaleur étouffante embrasait l'air et paralysait nos forces. Le vent du désert, qu'on eût dit sortant d'une fournaise , soulevait sous nos pas des nuages de poussière qui frappaient notre visage, pénétraient dans nos yeux, brûlaient notre gorge et desséchaient notre poitrine. Exténués de fatigue, sans abri pour nous reposer, privés d'eau pour étancher notre soif, nous endurâmes les souffrances les plus horribles. L'eau de vie de nos bidons, loin de calmer l'ardeur de notre gorge, semblait en activer le feu.

» Nous arrivâmes ainsi le soir, épuisés, haletants, dans l'oasis de Giseh, au pied des Pyramides. Les tentes furent dressées, le campement préparé, les grands-gardes établies, et le sort me désigna pour aller, pendant la nuit, à cinquante mètres du camp, accomplir mes deux heures de faction en sentinelle perdue.

» Je me rendis à mon poste à regret. Mille craintes vagues m'assiégeaient. Aux tortures physiques de la journée étaient venus s'ajouter des tourments de l'âme que je ne pouvais ni définir ni expliquer. Un ennui profond, la lassitude de l'existence, le désespoir enfin s'étaient emparés de moi. Je sentais mon corps dépérir, mon courage se briser, mes forces s'évanouir; une prostration morale que rien ne pouvait vaincre avait subitement abattu tout mon être. Mes genoux faiblissaient sous le poids de mon fusil; je m'assis.

» Mes idées se portèrent alors vers notre village, vers la chaumière où j'étais né, vers notre mère chérie, vers toi, mon frère bien-aimé. Je repassai dans mon esprit les scènes joyeuses de notre enfance, les douceurs de la vie champêtre, sans agitation, sans douleurs, la paix qui règne au hameau, les saintes joies de la famille. Et les larmes, malgré moi, vinrent mouiller mes yeux.

» Je promenai ensuite mes regards sur la voûte azurée du ciel, où nageaient des milliers d'étoiles, et sur cette mer de sable mouvant qui se déroulait à mes pieds. Devant moi s'élevaient, comme des géants de granit, les masses sombres des Pyramides. Palais ou tombeaux, ces constructions antiques évoquaient dans mon esprit les idées du passé et me rappelaient le tribut que l'homme doit à la nature et que la mort viendrait peut-être prélever sur moi dans ces lieux maudits.

» Les nuits sont froides au désert; l'air plus vif et plus pénétrant que dans nos villes. Je me blottis dans mon manteau, bus pour me réchauffer, quelques gouttes d'eau de vie et j'attendis patiemment la fin de ma faction.

» Cependant la fatigue alourdit mes paupières; mes yeux, à peine entr'ouverts, nageaient dans ce fluide vaporeux qui précède le sommeil. Les bruits vagues de la nuit, les sifflements du vent effleurant le sable, les pas réglés et monotones des sentinelles, les cris des hyènes et des chacals qui rôdaient autour du camp, se confondaient peu à peu à mes oreilles comme un bourdonnement sans fin.... Je m'assoupis.

» Un bruit de pas sur le sable me tira de ma somnolence. Je me relevai par instinct, j'armai mon fusil.

— Qui vive?

— Ami, me répondit une voix qui résonne encore à mon oreille, une voix qu'on eût dit l'écho de la mienne. Elle avait le même timbre, les mêmes inflexions, le même accent, la même sonorité.

» Je connaissais par ouï dire les phénomènes du désert; j'avais éprouvé moi-même les fantastiques illusions du mirage. Je me crus atteint de cette affection pénible que les Arabes ont nommée *le ragle* (2), et qui se manifeste surtout la nuit. Par l'effet de cette hallucination, le fantôme que je voyais debout devant moi n'aurait été que le reflet de ma propre image. Je me le redis intérieurement pour combattre ma frayeur et je repris le pas de la sentinelle insouciante.

» Mais la vision persistait toujours, droite et immobile, à la place où je l'avais vue d'abord.

— Qui vive ? répétai-je.

— Ami ! répondit la même voix.

— Que voulez-vous ?

— Parler au général en chef.

— Suivez-moi.

» Et je conduisis l'inconnu aux avant-postes. Je remarquai seulement en le quittant qu'il portait le costume d'un Mameluk.

» Quand je pus rassembler mes idées, quand la fraîcheur de la nuit eut calmé le trouble de mes sens, je me rappelai cette voix qui vibrait encore dans mon âme, cette voix que j'avais cru la mienne. Je repassai dans mon esprit les circonstances les plus minimes de cette entrevue.

» Quelle était cette forme humaine qu'un costume égyptien dérobait à mes regards, qui parlait comme moi ma langue maternelle, et

-dont quelques paroles avaient suffi pour bou-
leverser tous mes sens ? Son apparition noc-
turne, sa mission près du général, ses allures
étranges, ses regards flamboyants qu'il semblait
darder sur moi, tout, jusqu'au bruit même de
ses pas, avait un air de mystère qui m'effrayait.
Je combinai mes suppositions et je me formai
cette idée que je n'avais point été le jouet d'un
rêve, mais que mon aventure de cette nuit
exercerait une influence sur ma destinée.

VI.

Josaphat.

» Le lendemain, au lever du soleil, nous
aperçûmes à l'horizon une nombreuse armée
qui venait à notre rencontre : j'avais vu le feu
bien des fois, j'avais exposé ma vie dans main-
te bataille, et cependant, à cette vue, le cœur
me battait violemment. Était-ce un pressentiment ou une faiblesse ? Je l'ignore. Mes dents
claquaient de frayeur.

» Le général en chef monta à cheval et nous
adressa quelques paroles qui électrisèrent toute
l'armée. Quelques instants plus tard, il donnait
le signal de l'attaque.

» Nous avions formé le carré, opposant un
rempart d'acier aux charges impétueuses des
cavaliers musulmans. Je me tenais au premier
rang, croisant la bayonnette. Dans le combat à
l'arme blanche, le fer, après chaque attaque,
était ruisselant de sang. Je frappais avec rage,
avec frénésie; il me semble que j'éprouvais une
barbare volupté à plonger le fer dans ces poi-

trines nues. L'ardeur de la lutte , les fumées
du salpêtre , l'odeur du sang exaltaient mon
esprit ; ivre de sang, je ne respirais que car-
nage. La fureur m'aveuglait , je frappais toujours comme dans les ténèbres.

» Tout à coup , dans un dernier effort pour
entamer nos rangs, l'ennemi nous déborde ; la
violence de l'attaque fait plier nos fantassins.
Nous luttons corps à corps , poitrine contre
poitrine ; les armes ne suffisent plus pour as-
souvir notre rage ; nous nous déchirons de nos
mains , nous nous roulons dans la poussière.
Un Mameluk s'offre à mes coups, je plonge
ma bayonnette dans la poitrine de son coursier. Le cheval s'abat ; j'éprouve un choc violent à la poitrine... Je sens le froid du fer
me glacer le cœur... une écume sanglante
bouillonne sur mes lèvres .. mes yeux se voi-
lent... je tombe...

» Dans les convulsions de mon agonie, je me
crois balancé par le galop d'un cheval ; j'entends sa course retentissante, je sens dans mes
cheveux les brises parfumées... des yeux je
dévore l'espace... mon âme impatiente s'é-
lance avec l'impétuosité des vents du désert.

. . . .

» Combien de temps dura cet état léthargi-
que, il m'est impossible de le dire.

» Quand je revins à moi, je me trouvai dans
une gorge abrupte et sinueuse au milieu des
collines. Je n'éprouvais qu'une lassitude extrême et une douleur cuisante au côté droit.
J'étais presque étonné de me retrouver en vie;
je me palpais dans tous les sens comme si je
doutais d'être encore moi-même. Il me semblait que j'avais subi, pendant mon sommeil ,
une transformation complète.

» Heureux de revoir le jour, je voulus essayer mes forces et je poussai un cri de toute la puissance de mes poumons. Un arabe accourut à ma voix. Il mit le doigt sur la bouche pour me recommander le silence et déposa à mes pieds une outre en peau de bouc remplie d'eau fraîche. Il m'engagea, par signes, à en humecter mes lèvres. J'en savourai quelques gorgées avec un sensible plaisir et je remerciai affectueusement le généreux étranger qui semblait ainsi prévenir mes besoins. En portant mes regards sur lui, je fus frappé de sa physionomie. Ses yeux vifs et noirs, à fleur de tête, flamboyaient en me regardant ; son teint hâlé par le soleil d'Afrique, ses sourcils froncés, ses traits mâles et réguliers contractés par je ne sais quelle sensation interne, donnaient à son visage une expression indéfinissable. Une idée bizarre, rapide comme l'éclair, vint traverser mon esprit. Il me sembla que j'avais vu cet homme quelque part.

» Peu à peu, les souvenirs me revinrent ; je sortis, par degrés, de cet état d'engourdissement mental, je me rappelai les événements passés et j'en vins à me demander par quel hazard je me trouvais dans ces lieux. Je voulus questionner l'étranger ; mais la langue que je parlais était inintelligible pour lui, ou bien il affecta de ne pas me comprendre. Il me fit entendre, par signe, de me tenir en repos et s'éloigna.

» Effrayé par l'idée de me trouver seul dans ce désert, je voulus le suivre. La douleur que me causait ma blessure me força de m'arrêter. Je résolus donc de me conformer à ses conseils et d'attendre patiemment son retour.

» Le jour baissa, puis la nuit vint, mais l'a-

rabe ne retournait pas. Mille terreurs m'assiégeaient. Je voyais rôder autour de moi, silen-
cieuses comme des fantômes , des hyènes
hideuses cherchant une proie. J'entendais dans
le lointain les rugissements du lion. J'entre-
voyais, comme dans un nuage, passer et re-
passer sous mes yeux des troupes d'animaux
de toute espèce. Les uns allaient à pas lents
s'abreuver à la source voisine ; d'autres fu-
yaient rapidement la poursuite d'un ennemi.
Tous ces bruits de pas sur le sable retentis-
saient à mon oreille comme un écho funèbre
et me glaçaient de frayeur.

» J'aperçus en ce moment, sur le sommet de
la colline qui surplombait l'étroite gorge où je
me trouvais, une flamme bleuâtre et vacillante.
Je n'avais point osé jusqu'alors proférer un
seul cri, de crainte d'attirer sur moi l'attention
des bêtes féroces. Mais, à cette vue, je sentis
mon courage renaître ; j'élevai la voix et
j'appelai au secours..... Pas de réponse. Je
réitérai mes cris..... L'écho seul répondit à
ma voix.

» Résolu de rompre à tout prix mon isolement et ma solitude, je me traînai des pieds
et des mains jusque vers le feu.

» Deux formes humaines se tenaient accrou-
pies, immobiles autour du foyer; dans l'une d'elles , je reconnus l'Arabe à l'éclat de ses yeux ;
l'autre me parut être une femme d'une mer-
veilleuse beauté. Le reflet de la flamme décou-
pait sur le ciel bleu sa silhouette lumineuse et
donnait à son visage un éclat rayonnant et
magique. J'en fus ébloui , bouleversé. Je ne
comprimai qu'avec peine les battements de
mon cœur. Ce n'est point de l'amour que je

conçus pour elle à cette première entrevue. Ce fut de la passion, de la frénésie. L'influence occulte agissait sur moi. J'oubliai ma frayeur, j'oubliai ma blessure et mes souffrances, je m'élançai vers la vision enchanteresse. Je franchis avec la rapidité de la pensée la faible distance qui me séparait d'elle. Je ne pouvais plus maîtriser mes sens.

» Une force irrésistible me jeta à ses pieds :

— O femme, m'écriai-je, que tu es belle !

— Arrière ! cria l'Arabe d'une voix tonnante en me repoussant.

» Le timbre de cette voix me donna le vertige. Muet d'épouvante, je voulus fuir.... Un poignet de fer me clouait à ma place. Je vis briller un poignard, je reculai la poitrine en fermant les yeux... Mais, prompte comme l'éclair, l'Egyptienne avait retenu le bras prêt à me frapper. Après une lutte de quelques instants, mon agresseur se laissait désarmer et je pouvais remercier d'un regard ma séduisante libératrice.

» Celle-ci, comme si elle eût craint encore pour ma vie, entraîna loin de moi son farouche compagnon. Je me trouvai seul pour la seconde fois ; mais toute frayeur m'avait quitté ; mon esprit absorbé par d'autres pensées, ne craignait plus l'isolement.

» Je suivis des yeux, autant qu'il me fut possible, les Egyptiens descendant la colline. La clarté de la lune éclairait leur marche accidentée. Mon cœur bondissait à me rompre la poitrine chaque fois qu'un pli du terrain, une sinuosité de la route les masquant momentanément, les faisait reparaître ensuite à mes regards.

» Il me semblait que mon existence entière
était attachée à cette femme. Je me trouvais
heureux des périls que j'avais courus, puisque
je lui devais la vie. Mon âme était pleine de
son image. Je la trouvais bien belle alors, non
point de cette beauté céleste, miroir de la dou-
ceur et de la pureté, mais de cet éclat charnel
qui éblouit, qui enivre. Mais, ange ou démon,
elle régnait en maîtresse absolue sur toutes mes
facultés; un regard, un coup-d'œil avaient suffi
pour assurer sa conquête.

» Quand mon état de faiblesse et le besoin de
repos eurent triomphé du trouble de mes sens
et fermé mes paupières, je la revis dans mes
rêves. Mais la vision trop séduisante, loin de
produire dans mon cœur ces suaves voluptés
que fait naître toujours la vue d'une amante
adorée, n'apporta dans mon sommeil qu'une
impression pénible, un cauchemar affreux.
Evidemment, cet amour pesait sur ma destinée.

» Il est des sentiments qu'on n'explique point,
des sensations qu'on ne peut définir. L'amour
est-il une joie ou une douleur ? Tourment de
l'esprit — contentement des sens, peine du
cœur — volupté de l'âme, plaisir — tristesse,
les idées les plus disparates, les éléments les
plus éloignés s'unissent et se confondent dans
cette étrange passion. Mon sommeil de cette
nuit ne fut donc qu'une longue lutte entre la
peine et le bonheur, et mes rêves agités tra-
duisirent péniblement la fluctuation de mes es-
prits.

» Un froid piquant que je ressentis sur mes
yeux me tira de mon assoupissement. Je ne
pus me relever qu'avec peine. Les ténèbres
m'entouraient de toutes parts, un voile noir

couvrait ma vue, l'obscurité était complète. J'élevai mes regards vers le ciel; pas une étoile ne brillait au firmament, la lune semblait cachée derrière d'épais nuages.

» Cette privation de lumière me fit peur. Je n'avais rencontré jusqu'alors, au désert, que des nuits sereines, un ciel limpide et étoilé. Je crus assister à un bouleversement de la nature. Un silence profond régnait autour de moi et venait augmenter encore l'horreur de la solitude et des ténèbres.

» Je demeurai ainsi plusieurs heures dans l'anxiété, attendant le jour et épiant les premières lueurs de l'aube. Je promenais mes regards inquiets sur tous les points de l'horizon, je prêtais l'oreille aux moindres bruits que m'apportait le vent de la nuit et j'attendais.... mais la clarté ne vint pas. Un doute poignant comme un trait pénétra dans mon esprit; la vérité se fit jour dans mon cerveau malade. Je devinai mon malheur, je tombai brisé, anéanti.

» Le peu de force morale qui avait soutenu jusque là mon courage défaillant m'abandonna tout-à-fait : ma poitrine se brisa ; je versai des torrents de larmes. Je portais les mains vers le ciel, tour à tour implorant Dieu ou blasphémant ses œuvres. Il me semblait que chaque imprécation soulageait mon désespoir, allégeait le poids de ma colère.

» Sais-tu bien, frère, ce qu'il en est de perdre la vue, de renoncer à la lumière, à l'aspect du firmament, à la clarté du soleil? Comprends-tu l'horreur des ténèbres, le supplice continuel d'une nuit sans lendemain? Tortures déchirantes, je n'ai savouré qu'un jour vo-

tre amer calice, et j'ai épuisé dans ces quelques heures toute la somme de souffrances
qu'il soit donné à la nature humaine de pouvoir subir !

» Je ne trouvai un peu de calme que dans
l'excès même de ma douleur. Quand j'eus
exhalé toutes mes plaintes, quand j'eus pleuré
toutes mes larmes, mes yeux tarirent, ma gorge
se dessécha, une prostration complète s'empara
de moi. Je compris que la perte de la vie n'é-
tait pas le plus grand de tous les maux, et je
me résignai à mourir.

» Je ne sais si la mort ne serait pas venue
bientôt terminer mes souffrances, sans une in-
tervention qui me paraît encore avoir tenu du
prodige.

» J'entendis une voix de femme qui me dit :

— Ecoute, veux-tu fuir avec moi ?

» Je croyais être seul : la pensée que j'avais
un témoin de mes souffrances, un compagnon
d'infortune, peut-être, me remplit de joie.
Mais — le malheur rend défiant — le doute
s'empara aussitôt de moi. N'était-ce point une
illusion, un rêve ? Il me sembla en effet que
cette voix n'avait rien d'humain, rien de terres-
tre. Et d'ailleurs, quelle femme pouvait parler
au désert la langue de ma patrie ?

» L'Egyptienne me revint alors à la mémoire.
Je voulus éclairer mes soupçons.

— Qui es-tu, m'écriai-je, toi qui viens me
proposer de fuir ? Es-tu venue pour insulter à
ma douleur, ou bien, victime comme moi de
la destinée, cherches-tu quelqu'un pour partager tes malheurs et ta fuite ?

— Tu ne me reconnais donc pas, me dit la même voix ?

— Comment te reconnaîtrais-je ? Mes yeux viennent de se fermer pour toujours à la lumière. Je suis aveugle.

— Tu es aveugle ! Eh bien, suis-moi, je te guérirai. Je suis Saïda, la sœur de Josaphat.

— O Saïda, répète cette parole ! Tu me guériras, dis-tu ? Tu me le promets ? Tu me le jures ? Je te suivrai jusqu'au bout du monde. Tu seras pour moi l'étoile polaire qui guide pendant la nuit les pas du voyageur, et puis, si tu me rends la clarté du Ciel, la vue de la lumière, ma vie entière ne sera consacrée qu'à t'aimer et te bénir. Je serai ton esclave...

— C'est bien, suis-moi, mais si je tiens ma parole, crains de parjurer la tienne !

» J'étendis les mains dans le vide, je sentis le frôlement d'une robe, je la saisis, je m'y cramponnai comme le naufragé se cramponne après la dernière planche de salut.

» Et nous nous mîmes en route. Je marchai longtemps et en silence, tantôt trébuchant contre les rochers, tantôt m'enfonçant dans le sable jusqu'aux genoux. Nous arrivâmes ainsi au bord d'un torrent dont je devinai l'existence au murmure de ses eaux.

» Mon guide s'arrêta.

— Ecoute, me dit Saïda, fais les ablutions dans ce fleuve, bois de ses eaux et humectes-en tes paupières. Ce fleuve est sacré depuis que le marabout Sidi Baïram s'y noya.

» Je lui représentai que dans mon pays l'on n'est point dans l'usage de faire de pareilles ablutions, que je pourrais en les mal faisant, choquer ses croyances et que d'ailleurs ma cécité ne me permettait point de m'exposer sans danger au courant du fleuve.

— Tu as raison, me dit-elle ; j'oubliais que tu étais *Roumi*. Mais ta religion ne te défend pas de te purifier.

» Et, ce disant, elle remplit d'eau le creux de sa main et lava mon front et mes yeux. La fraîcheur me fit éprouver un soulagement sensible.

» Alors, elle guidant mes pas, moi, la suivant cramponné à sa tunique, nous traversâmes le fleuve. Il me parut guéable, peu large et peu profond.

» Peu à peu la confiance revenait, l'espoir renaissait dans mon âme. Je m'habituais à l'étrangeté de ma situation, je supportais presque sans regret tout le poids de mon infortune ; je trouvais comme du plaisir à suivre les pas de ma compagne, à la retenir près de moi, à froisser dans mes mains son écharpe soyeuse, à entendre à mon oreille sa voix douce et enivrante.

» Mais bientôt la fatigue nous força de ralentir notre marche et ma blessure du côté droit se rouvrit. Je voulus m'arrêter pour prendre quelque repos : Saïda s'y opposa de tout son pouvoir.

— Où allons-nous donc ? lui demandai-je. N'avons-nous point encore terminé, pour aujourd'hui, notre course aventureuse ?

— Le daim , me répondit-elle , craint-il de fatiguer ses jambes quand il fuit le tigre qui le poursuit? Le coursier du désert , quand il craint le lion, mesure-t-il sa course ?

— Mais qui avons-nous à craindre? Devant qui fuyons-nous ?

— Pauvre insensé ! Ton esprit est-il donc aveugle comme tes yeux ? As-tu déjà oublié que trois fois ta vie vient d'être menacée et que trois fois j'ai détourné le péril ? Cette blessure qui saigne encore à ton côté droit, pouvait te donner la mort ; j'ai arrêté le sang, j'ai lavé la plaie , je l'ai enduite d'un baume onctueux et j'ai retenu ta vie prête à s'envoler.

» Cette nuit, un poignard était levé sur ta poitrine, j'ai désarmé le bras prêt à te frapper. Aujourd'hui même, ta perte était résolue; rien ne pouvait détourner le coup qui te menaçait: j'ai pris la fuite avec toi pour t'arracher au danger , j'ai guidé dans ce désert ta marche chancelante.... et tu me demandes pourquoi nous fuyons !

— Mais d'où vient ce danger que je n'ai point prévu, que je ne puis comprendre ? Quel ennemi a juré ma perte ? Ai-je été prisonnier ? Les Egyptiens massacrent-ils leurs captifs ? Il y a deux jours à peine , j'étais au camp français ; je combattais au premier rang parmi mes compagnons d'armes ; un cavalier fond sur moi ; je sens le froid du fer traverser ma poitrine.... je tombe.... je me trouve à mon réveil dans une gorge entre les collines. Les deux armées ont disparu ; je ne vois qu'un Egyptien, ton frère, sans doute; — je te vois... O Saïda ! de grâce, explique-moi ce qui s'est passé !

— Tu as été blessé, pris par nos frères. Josaphat t'a emporté sur son cheval et t'a amené près de moi. Je t'ai vu, je t'ai soigné... ne m'en demande pas davantage.

— Mais enfin, pourquoi fuyons-nous ? Qui en veut à ma vie ?

» Saïda ne répondit pas. J'avais remarqué de l'hésitation, de l'embarras dans ses paroles. Mes questions vives et pressantes paraissaient l'affecter péniblement. Je ne voulus pas insister et nous gardâmes le silence. Mais ces demi-confidences m'avaient troublé. Je frissonnais à la seule pensée de ces dangers que je courais sans les connaître.

» Au bout de quelques instants, l'Egyptienne prit la parole :

— N'as-tu pas observé mon frère ? me dit-elle.

» Le ton dont elle prononça ces mots me fit peur. Je voulus pourtant déguiser mon trouble et je répondis négativement.

» Saïda me dit alors :

— Tu ne l'as donc pas reconnu ? C'est....

— C'est...

— C'est mon frère... et le tien.

— Mon frère? Je n'en ai qu'un ; il habite la Crau d'Arles.

— Tu ne me comprends pas, à ce que je vois. Nous avons tous un frère en dehors de la famille, un frère non par le sang, non par l'amitié, mais un frère de vers Dieu. Notre exis-

tence est multiple ; nous vivons tous deux à
deux , côte à côte bien qu'éloignés, enchaînés
les uns aux autres par les liens mystérieux de
la nature humaine. Le mari et l'épouse, la mère
et le fils, la sœur et le frère, tels sont les liens
de la famille. Mais le pauvre être isolé qui jamais ne connut les joies du foyer domestique,
sait qu'il existe par le monde une âme sym-
pathique , un cœur qui bat à l'unisson du
sien , une nature semblable à la sienne. Ils
souffrent les mêmes douleurs ; ils partagent
mêmes plaisirs et mêmes peines. L'individua-
lité n'est qu'un mot; la nature a tout fait dou-
ble. Notre moitié d'existence va s'unir et se
confondre dans la vie de l'autre moitié ; deux
êtres ne font qu'un dans les voies infinies de
la Providence ; mais tout s'équilibre, tout s'en-
chaîne ; la vie ne cesse qu'à moitié, son flam-
beau est impérissable ; s'il pâlit et s'éteint pour
l'un des deux êtres , l'autre conserve le pré-
cieux dépôt , en attendant qu'Allah remplace
sur la terre la créature qu'elle en a ôtée.
Nous vivons tous sans nous connaître. Nous
ne rencontrerons jamais peut-être celui dont
nous partageons l'existence ; mais quelle que
soit la distance qui nous sépare, nous pouvons
chaque jour voir son image, la reconnaître et
lui sourire.

» Le cristal ou l'acier poli, ces conseillers de
la coquetterie, reproduisent à chacun de
nous le visage et les traits de notre frère ;
car , en nous unissant, Allah nous fit sembla-
bles, afin qu'Aldebaran, l'ange de la mort , ne
pût se méprendre et ne vînt pas moissonner
les deux existences à la fois. Nous avons tous
notre semblable ; Josaphat est le tien. N'as-tu
pas remarqué sa voix, son regard, sa taille et

son visage ? L'aveuglement qui t'a frappé t'em-
pêchait-il déjà de le reconnaître ? Josaphat est
ton frère, mais non point un frère aimant, sym-
pathique, affectueux. Allah, qui tient nos cœurs
dans sa main, manie à son gré les passions et
les mouvements de notre âme. S'il unit quelquefois deux de ses créatures pour leur récom-
pense et leur bonheur, il les accouple souvent
comme deux condamnés liés à la même chaîne
afin qu'ils puissent trouver, dans un odieux
rapprochement, la juste punition de leurs pen-
chants coupables. *Roumi*, tu appartiens à une
race maudite. Josaphat est ton frère et ton
châtiment; Josaphat te tuera parce qu'il faut
que la vengeance d'Allah s'accomplisse. Les
inimitiés que Dieu sème doivent toujours porter leurs fruit. C'est du meurtre que naît la
vie; le sang versé rajeunit le monde et vivifie
les éléments; la terre, en absorbant sa proie,
s'enrichit des molécules terrestres; le feu re-
vendique les atomes dont il s'est privé pour
animer les créatures; les nuées s'épaississent
de tout ce qui est vapeur, la mer reçoit goutte
à goutte les parties liquides, et les parcelles
éthérées, s'envolant vers l'azur du Ciel, vont
s'épurer et se fondre dans les brises embau-
mées du soir.

» Ainsi, de la dissolution surgit la vie, et
nous rendons à la nature ce que la nature
nous a donné.

» Ainsi me parla Saïda. Sa voix s'était perdue
dans le silence et je l'écoutais encore; mon
esprit était, pour ainsi dire, suspendu à ses
lèvres, tant je prenais de plaisir à l'entendre.
Ces mystères de la nature, qu'elle me révélait,
m'avaient profondément ému; je ne doutais
pas de leur réalité, car le souvenir de ma nuit

de garde aux Pyramides était gravé dans ma mémoire.

» Et d'ailleurs, la voix douce et persuasive de l'Egyptienne m'allait au cœur ; l'on ne raisonne point contre une femme que l'on aime. Je ne pouvais me le dissimuler, j'aimais Saïda ; j'avais beau me raidir contre son amour, repousser de mon cœur sa séduisante image, une force surnaturelle enchaînait ma pensée, paralysait mes désirs. A mesure que le temps affaiblissait mes douleurs physiques , un sentiment moral que je ne pouvais maîtriser revenait s'emparer de moi ; mon esprit flottait indécis entre deux pensées : l'amour de l'Egyptienne et une crainte mystérieuse de Josaphat.

VII.

Le Mariage de Trophime.

» Après trois jours et trois nuits d'une marche fatigante interrompue seulement par de courts instants de repos, nous atteignîmes la mosquée de Sidi-Baïram. C'était comme un ermitage au milieu des collines ; la nature s'y montrait moins avare de ses dons, et l'on rencontrait çà et là, dans les environs, cette végétation âpre et sauvage qui pousse parmi les cailloux, dans les plaines de la haute Crau.

» C'était là que l'Egyptienne m'avait promis de me conduire et de me guérir. Me guérir ! ce seul mot me faisait tressaillir de joie et avait soutenu jusques là mon espérance et mon courage.

» Saïda me tint parole ; elle me confia , dès
notre arrivée , aux soins d'une famille qu'elle
me dit la sienne. Mes blessures furent pan-
sées , mes yeux humectés chaque jour d'une
liqueur fortifiante. Saïda, sans cesse à mes côtés, m'entourait de tous les égards , de toutes
les attentions d'une bienveillante sollicitude.
Je renaissais à l'espoir , à la vie. Peu à peu
mes plaies se fermèrent , mais mes yeux ne
s'étaient pas encore rouverts. Je manifestai
quelques craintes. L'Égyptienne me consolait
de son mieux , et me persuadait de patienter
eucore ; mais je remarquais chez elle un certain
embarras, une contrainte peu naturelle qui dé-
mentait tous ses discours.

» Un jour que, selon son habitude, elle était
assise près de moi , elle m'adressa résolument
la parole :

— *Roumi* , me dit-elle (c'est le nom que
dans le pays on donne aux Chrétiens) , Allah
refuse de te guérir parce que tu appartiens à
une secte maudite. Laisse pénétrer dans ton
cœur la lumière de la foi, et la lumière du jour
dessillera tes paupières.

» L'impression que me causèrent ces quelques
mots m'empêcha de trouver une réponse. L'E-
gyptienne elle-même était visiblement émue ;
elle n'osa continuer et garda le silence.

» Quelques jours après , nous étions seuls,
elle prit mes mains dans ses mains et me dit :

— Tu m'as juré, si je te guérissais, de deve-
nir mon esclave, de me consacrer ta vie.

» Je réitérai la même promesse.

—Ne craindrais-tu pas, me dit-elle alors, de
t'y engager par serment ?

» La question devenait embarrassante. J'é-
prouvai quelque hésitation et ne répondis
point.

— Tu hésites, tu ne m'aimes donc pas,
comme tu me l'as dit souvent ? Ainsi donc tu
me trompais, ta bouche mentait à ton cœur ?

» Je ne croyais pas avoir fait à cette femme un
pareil aveu. Je consultais tous mes souvenirs,
je ne me rappelais aucun fait, aucune parole
qui eût pu passer à ses yeux pour une déclaration. J'en suis convaincu maintenant, je ne
lui en avais rien dit, rien laissé connaître,
mais elle lisait dans mon cœur tous les secrets
que j'y tenais enfouis, comme elle lisait dans
le livre de la nature.

— Tu ne réponds rien ? me dit-elle encore.

» Je n'osai résister et je jurai. Aussitôt que
j'eus proféré le serment, il me sembla qu'il
s'opérait en moi une révolution de tout mon
être. Saïda se leva, me prit par la main et m'or-
donna de la suivre. Je la suivis docile comme
un agneau, sans avoir même la conscience de
mes propres actes. Il ne me restait plus assez
de force pour avoir une volonté autre que la
sienne.

» Je ne me souviens qu'imparfaitement de tout
ce qui suivit. J'étais troublé trop profondément pour prêter une attention soutenue à ce
qu'on faisait autour de moi. Je ne puis me rappeler ni les paroles qu'on me dicta et que je
dus répéter ensuite, ni les cérémonies auxquelles on me soumit. Mais je sais qu'en un
certain moment, quelqu'un joignit mes mains

dans celles de Saïda en proférant des paroles
sacramentelles, et que quelques instants après,
elle se jetait dans mes bras en m'appelant
son époux...

» Le lendemain, je m'éveillai, miné par une
fièvre ardente ; j'avais rêvé, pendant toute la
nuit, que des liens attachaient mes membres et
qu'une chaîne était rivée à mon cou. En m'é-
veillant, je respirai à pleins poumons l'air frais
du matin ; j'ouvris les yeux et je vis le jour.
Je poussai un cri de joie ; j'avais recouvré la
vue.

» Le bonheur de revoir la lumière ne m'en-
chanta que peu de temps ; je vis bientôt toutes mes illusions s'effeuiller une à une comme
la fleur que le vent dessèche ; il ne me resta
plus qu'un profond dégoût de la vie.

» Mon œil droit seul était guéri, je ne pouvais
ouvrir le gauche. Saïda me refusa toujours ses
soins pour celui-là.

— Les chrétiens sont ingrats, me disait-elle,
ils oublient vite les bienfaits. Je connais ton
cœur volage ; si je ne puis t'enchaîner par la
reconnaissance et l'amour, je veux t'attacher à
moi par le besoin. Je guérirai ton œil lorsque
j'aurais conquis ton cœur.

» J'avais beau l'assurer alors de mon affection
éternelle ; je cherchais en vain les paroles per-
suasives que l'amour seul peut dicter ; mon
cœur était sec, ma bouche muette, et je ne
déguisais qu'à peine la froideur qui me gla-
çait.

» Saïda me semblait enlaidir à vue d'œil ; je
n'aimais plus son regard où je lisais l'astuce

et la malice, je n'aimais plus son teint bruni qui approchait de la noirceur. Insensiblement je me dégoûtai d'elle ; ses allures mystérieuses et ses pratiques de sortiléges, auxquelles elle me forçait d'assister, me la firent prendre en horreur.

» Une nuit, je dormais paisiblement sur mon lit de feuilles sèches, je fus éveillé en sursaut par des sifflements affreux. Je me levai sur mon séant et, à la clarté d'une flamme vacillante, j'entrevis le spectacle le plus hideux qu'il soit possible d'imaginer. Cent reptiles immondes se tordaient dans l'appartement rempli de fumée. Saïda les enchantait par ses charmes, les roulait autour de son bras, les réchauffait dans son sein et les plongeait ensuite tout vivants dans une marmite bouillante qui gémissait sur le brasier. Horreur ! ma femme était une psylle !

» Je bondis hors de ma couche et je pris la fuite.

» L'Egyptienne me poursuivit jusques sur le seuil de l'habitation et me lança, dans un dernier adieu, sa malédiction avec une poignée de serpents.

» Je courais à perdre haleine; la frayeur m'aiguillonnait et je dévorais l'espace. Je franchis en quelques heures la distance qui me séparait du désert ; j'atteignis les sables mouvants. Là, vaincu par la fatigue et les difficultés de la marche, je songeai à reprendre haleine. Je n'avais point osé jusques là regarder en arrière; je découvris au loin, bien loin, aux pâles lueurs de l'aube, la silhouette des lieux que je venais de quitter. Aucun indice menaçant ne se mon-

trait derrière moi, sur la route que j'avais suivie ; je respirai plus librement.

» Cependant le jour se levait, mais moins bril-
lant, moins lumineux qu'à l'ordinaire. La clarté
du crépuscule était blafarde; l'azur du ciel
pâlissait et se troublait, les limites de l'horizon
semblaient se rapprocher. Une poussière brû-
lante, tenue en suspension dans l'air, s'infil-
trait dans mes narines et dans ma gorge et y
provoquait des ardeurs étouffantes.

» Je n'avais pas remarqué d'abord ce phénomène qui m'était inconnu. Il ne laissa point
toutefois de m'inspirer des inquiétudes. Était-
ce un effet de mon imagination surexcitée par
la frayeur ou de ma vue affaiblie ? Je croyais
entrevoir dans le lointain de longues colonnes
tortueuses qui s'élevaient jusqu'au ciel et tour-
naient comme des spectres gigantesques, exé-
cutant une danse vertigineuse. Elles roulaient
dans ma direction avec un bruit sourd. Bientôt
tous les vents du ciel se déchaînèrent ; je crus
assister à un bouleversement général de la nature. Où fuir ? Où m'abriter ? je me précipite
devant moi.... Un cavalier me barre le chemin.

» Je reconnais Josaphat.

— Arrête, s'écrie-t-il, traître et parjure.
L'honneur de Saïda me crie vengeance.

» Et brandissant son épée, de l'éperon il pique
son coursier et le lance à ma rencontre. Mais
le cheval s'abat dans le sable et Josaphat vient
rouler à mes pieds. A mon tour, quoique sans
armes, je me précipite sur lui ; de nos bras
enlacés, nous luttons corps à corps, poitrine
contre poitrine. J'avais saisi sa main et je l'em-

pêchais de se servir de son épée ; il jette alors loin de lui son arme devenue inutile et qui sert mal son impatience et sa rage ; il se dégage par un violent effort et m'enlace à son tour. Je me débats en vain sous son étreinte ; ses muscles de fer pressent ma poitrine qui gémit ; mes os craquent et se brisent ; je vomis des flots de sang et je retombe inerte sur le sol.

» En ce moment, l'ouragan passe sur nos têtes ; la trombe tourbillonnante, balayant le sable autour de nous, m'enroule dans ses spirales impétueuses et va me rejeter au loin presque sans vie.

» Une caravane de pélerins qui se rendaient d'El-Kébir à la Mecke, me trouva le soir sur son passage et me ramassa. Ils me donnèrent des soins et m'emmenèrent avec eux. Je vécus au milieu d'eux, tant que dura leur pélerinage ; quand ils se séparèrent, je dus songer aux moyens de me suffire à moi-même, et c'est alors que commença pour moi une nouvelle vie de souffrances et de privations. J'avais appris quelque peu leur langue ; je m'affublai de leur costume et je rôdai dans le pays. Tour à tour chamelier, conducteur de bœufs, portefaix ou bandit, je demandais à tous les métiers mon pain de chaque jour et les moyens de revoir la France.

» Je regrettais ma patrie ; je versais des larmes amères au souvenir de ma belle jeunesse, de ma cabane enfumée au toit de chaume, de ma famille, de mes amis. Combien de fois j'ai tourné mes yeux humides vers cet horizon où volaient mes rêves, et si, par hasard, un oiseau voyageur, venant des plages européennes, fen-

dait les airs au-dessus de ma tête ; si, chassé
par les vents, un nuage fuyait au sud , je me
prenais à pleurer comme pleurerait un enfant.

» Je m'efforçais chaque jour de me rapprocher
des côtes ; je cheminais dans leur direction, je
marchais , j'avançais toujours , l'espoir soutenait mes forces. Je travaillais pour gagner mon
pain , et quand l'ouvrage me manquait, je ne
rougissais pas de tendre la main. C'était pour
revoir la France !

» J'ai conduit des troupeaux avec des Bé-
douins, porté des marchandises avec des juifs,
vendu des amulettes avec des marabouts, com-
posé des médicaments et récolté des simples
avec des médecins maures , mendié avec des
fakirs. Partout l'image de Saïda me poursuivait
comme une ombre vengeresse , et le souvenir
de Josaphat empoisonnait tous mes rêves.

» C'est ainsi que s'écoulèrent seize années,
jusqu'au jour où j'atteignis enfin Alexandrie.
Les navires européens affluaient dans la rade ;
je m'étais amassé de quoi payer la traversée, je
m'embarquai sur le brick l'*Argus* , qui mettait
à la voile pour Marseille.

» J'avais recueilli , dans une de mes excur-
sions, un chien que j'avais trouvé mourant au
bord de la route ; comme s'il eût compris la
grandeur de mes bienfaits, il s'était attaché à
moi et était devenu, depuis ce jour, mon compagnon inséparable. Deux fois il me sauva la
vie en me défendant des hyènes et des loups.
Je ne voulus point le laisser en Afrique et je
le pris avec moi. Pauvre Kador ! Il me semblait tout-à-l'heure que j'entendais ses gémissements plaintifs, et sa voix lamentable m'al-

lait au cœur. La pauvre bête pleurait son maître.

» La première nuit que je passai à bord de l'*Argus*, mille sensations diverses m'empêchèrent de fermer l'œil. La nouveauté de la situation, la joie de revoir la France, luttaient dans mon esprit contre un vague pressentiment, une crainte mystérieuse que rien ne me paraissait expliquer. J'avais toujours présent devant mes yeux le souvenir de Josaphat. Cette pensée prit même une telle consistance que je ne pus y résister plus longtemps. Une sueur froide perlait sur mon front. Je me levai et je montai sur le pont du navire.

» La nuit était sombre mais sereine; une fraîche brise soufflant des côtes de France, arrêtait un peu notre marche et imprimait au vaisseau un roulis monotone et saccadé. Je m'appuyai contre les bastingages et je savourai les senteurs amères de la mer et ce vent de la nuit qui me paraissait embaumé des parfums agrestes de la Crau. Insensiblement je me laissai entraîner par le cours de mes rêveries et je tombai dans un état de somnolence que le mouvement monotone du navire favorisait. Tout-à-coup, je crus voir, à travers mes paupières à-demi fermées, la face menaçante de Josaphat. Je poussai un cri; la pointe acérée d'un poignard s'enfonça dans mon épaule et la vision disparut.

» Les matelots de garde sur le pont accoururent à ma voix. Ils ne m'avaient point encore aperçu jusqu'à ce moment. Tous m'entouraient avec étonnement, se consultant les uns les autres et examinant ma blessure qui, heureusement, fut jugée peu grave. Sur les indications que je fournis, on visita le navire ; on fit de toutes parts de minutieuses perquisitions. D'après les ordres du commandant, je dus même passer en revue l'équipage entier pour reconnaître le coupable. Les recherches furent inutiles, et leur insuccès m'affermit dans mon idée que j'étais une victime de la prédestination.

» Nous atteignons enfin les côtes de France. Avec quel bonheur je revois ma patrie ! Je me jette dans le canot qui transborde les passagers, je m'élance à terre, je baise avec volupté le sol qui m'a vu naître et, sans même prendre le temps de revoir Marseille, je cours, je vole, je me précipite sur la route qui doit m'amener près de toi.

» J'arrive à Aix pendant la nuit. Les hôtelleries regorgent de voyageurs ; je dévore à la hâte quelques aliments et je vais me jeter sur un méchant grabat, dans la salle commune, à l'auberge du *Veau d'or*.

» Une fièvre ardente me dévore; le souvenir de Josaphat me poursuit partout : il me semble le reconnaître dans la figure de l'hôtelier qui m'a servi mon frugal repas. Je crois retrouver ses traits dans le visage rude et rebutant du voyageur qui dort à mes côtés. J'ai peur. La salle n'est éclairée que par la mourante clarté d'une veilleuse appendue au mur. On dirait une lampe funèbre veillant au chevet d'un trépassé. La bise s'infiltre en sifflant à travers les ais mal joints des fenêtres. La lampe se balance, la lueur tremble et vacille, les ombres dansent le long du mur.... La pendule, qui hâche le temps par secondes, sonne lentement minuit ! Les battements de mon cœur dépassent par la vitesse le mouvement monotone du balancier. Dieu ! que les heures sont lentes à passer !

» J'essaie de m'endormir ; je ne puis, je me lève ; je promène à grands pas dans le dortoir. Les dormeurs s'éveillent en maugréant. Il se fait du bruit autour de moi ; ma frayeur se calme un peu, je commence à me rassurer en songeant que tous ne dorment pas ; j'engage la conversation, je prétexte un malaise, on se lève, on me donne des soins et la nuit se passe ainsi.

» Je me remets en route au lever du soleil. J'arrive à Salon un peu plus calme ; mais le soir venu, mes terreurs redoublent ; je n'ose me mettre au lit, je me confie à la Providence, je vérifie mes armes et je m'achemine vers la Crau.

» Kador refuse de me suivre ; je veux l'entraîner par force ; mais le pauvre aveugle résiste, gémit, grince des dents, pousse des hurlements lamentables et s'enfuit. Depuis un an, sa vieillesse l'avait privé de la vue ; mais elle n'avait affaibli ni son intelligence, ni son instinct. Il est venu me rejoindre le lendemain, il a suivi mes traces sur la route, il m'a trouvé caché dans les marais, brisé par l'émotion, la fatigue et la douleur. Sa présence m'a rendu la vie ; je n'étais plus seul désormais, je suis sorti de ma retraite d'où le froid et la faim me chassaient et je suis venu. Je suis venu pour t'apporter ma honte, pour confier à ton cœur mon crime et mes remords. Je puis tout dire maintenant ; devant la mort tout s'efface : respect humain, honte, terreur ; l'on ne craint plus la justice humaine lorsqu'on va comparaître devant Dieu. Ecoute :

» C'était le 13 mars. La nuit était sombre, le ciel sans étoiles, le temps glacial. La neige tombait par flocons et me couvrait peu à peu d'une couche épaisse ; je grelottais sous mes vêtements ; mes dents claquaient de fièvre et de froid.

» Tous les bruits de la vie agitée avaient cessé ; je n'entendais que les crépitements de la glace sous mes pas et le bruissement léger de la neige qui tombe. Ce silence de la nuit, ce calme solennel de la nature, ce blanc manteau de frimas qui se déploie devant moi comme un linceul, tout m'impressionne et m'émeut. Je regrette déjà d'être parti ; mais une force invisible me pousse, la fatalité m'aiguillonne et j'avance toujours.

» Tout-à-coup, je crois entendre à travers la plaine le retentissement sonore d'un bourdon lointain sonnant les heures de la nuit. Je m'arrête ; j'écoute quelques instants ce murmure vague, ces ondulations harmonieuses qui suivent le dernier coup et se perdent dans le silence ; puis tout se tait.

» Quelques instants après, les frémissements de l'airain recommencent, j'écoute encore, je compte jusqu'à douze... Minuit ! Cette cloche lointaine a des sons tristes et lugubres. Seraient-ce les tintements d'un glas funèbre ? Malheur au voyageur attardé qui, comme moi, poursuit son chemin par une nuit aussi sombre !

» Mais quelle est cette forme humaine que je vois à l'horizon, derrière moi, sur la route ? Qui peut voyager ainsi, dans ces lieux déserts, par ce temps affreux ? Si c'était lui ! Oh ! lui encore, toujours lui ! Je veux fuir, la frayeur me donne des ailes. Mais l'ombre me poursuit, elle s'attache à mes pas, elle dévore la distance, elle va m'atteindre. Je sens mes jambes faiblir, les forces me manquent. Où fuir ? Où me cacher ? Ah ! cette croix qui me tend les bras, non loin du chemin, me protègera peut-être... Mais non... il s'élance... il me saisit. Horreur ! je vois du sang... je respire l'odeur du sang... Il n'y a plus ici qu'un cadavre ! »

VIII.

CONCLUSION.

Le malade s'était levé. Dans les péripéties de ce drame lugubre auquel il semblait assister encore par la pensée, il avait bondi hors de sa couche, et, tordu par ces convulsions qui précèdent l'agonie, il animait son récit par ses mouvements inexprimables et un jeu de physionomie affreux. On eût dit qu'il se cramponnait à la vie, qu'il luttait contre une puissance occulte prête à le saisir, et qu'une force surnaturelle le soutenait encore. Il acheva sans s'arrêter la triste relation de ces scènes sanglantes. Mais sur la fin de son récit, sa voix devint plus rauque, sa respiration haletante et entrecoupée ; ses convulsions redoublaient, ses dents claquaient avec force, son œil paraissait nager dans un fluide vitreux, ses nerfs se contractaient, ses membres se tordaient avec violence.

Eperdu, effaré, livide, Guillaume, assis au chevet du lit, assistait à cette scène sans avoir la conscience de ce qu'il voyait. Ses cheveux grisonnants, hérissés sur sa tête, avaient blanchi dans quelques heures et son cerveau demeura toujours affecté des émotions violentes de cette nuit.

Sa fille Marguerite s'était réveillée ; pâle et muette d'effroi, elle s'était jetée dans les bras de son père et cachait sa tête dans ses mains.

Cependant, au dehors, le chien aveugle hurlait toujours. Le mourant parut l'entendre ; il voulut proférer quelques paroles qui expirèrent sur ses lèvres. Il s'approcha de la fenêtre qu'il eut assez de force pour ouvrir ; mais ce dernier effort avait brisé sa poitrine ; il vomit des flots de sang ; il leva alors ses bras vers le Ciel, puis vers son frère et tomba lourdement en murmurant :

— Adieu... Adieu... C'est... ma dernière nuit de garde.

FIN.

NOTES.

I.

TOURNECOURT est une des villas les plus coquettes de la Crau. Sa position non loin de Raphèle, à proximité de la route, ses sites ombreux, ses eaux limpides, en font le plus charmant séjour.

Tournecourt s'appelait autrefois *Verdelet*, du nom de son ancien propriétaire.

Mais *Verdelet* s'est modifié depuis le choléra de 1854, il s'est agrandi, et, en se développant dans l'une de ses parties, il paraît s'être considérablement rétréci dans l'autre.

Deux familles qui n'en font qu'une, l'habitent. La première se réduit à une personne et possède 14 grands appartements; le personnel de l'autre, beaucoup plus considérable, n'en a que 8, mais très-étroits. De là, *Tournecourt !*

Ce dernier nom a pris un caractère historique dans les lettres à sir Kinglake, écrites de Tournecourt par notre compatriote et ami Frédéric Billot, en 1861.

II.

Nous empruntons à un ouvrage récent de M. Arthur Mangin, intitulé *le Désert et le Monde Sauvage*, l'explication de cet étrange phénomène:

« La faim, la soif, la lassitude, et, plus que tout cela, l'action de la chaleur solaire sur le cerveau déterminent un état pathologique particulier, une sorte d'ivresse qui prédispose puissamment aux hallucinations, et ôte à l'esprit la virtualité dont il aurait besoin pour chasser les fantômes qui viennent l'obséder.

« Les Arabes ont donné un nom à cette affection, dont les symptômes ont été confondus maintes fois avec les effets du mirage. Ils l'ont appelée *ragle*.

« Un voyageur célèbre, M. d'Escayrac de Lauture. l'a décrite sous ce nom dans son ouvrage *le Désert et le Soudan*, publié en 1853, et dans le Bulletin de la Société de Géographie de 1855. Il l'attribue surtout à la fatigue, à l'excès de la chaleur et à la privation de sommeil.

« Le ragle se manifeste le plus ordinairement la nuit par des rêves, par des cauchemars, par un somnambulisme dont le malade a parfaitement conscience, sans pouvoir s'en délivrer. Le jour, ce sont des hallucinations étranges qui peuvent affecter la vue, l'ouïe, l'odorat et le goût, mais principalement les deux premiers sens......

« L'ouïe peut être affectée à son tour. Alors un bruit quelconque, celui des pas, le choc d'une pierre, le sifflement du vent deviennent des sons mélodieux, des cris de détresse, des paroles, des chants.

« Un jour, dit M. d'Escayrac, j'entendais le tic-tac d'un moulin. Cherchant à rappeler ma raison et à m'expliquer l'origine de ce bruit, je vis que c'était la boucle de mon ceinturon qui frottait sur le pommeau de ma selle, où mon sabre était accroché.

« Le savant Jomard, qui éprouva aussi les effets du ragle dans son voyage en Egypte, a confirmé de tout point la description donnée par M. d'Escayrac. »

Arles, imprimerie Dumas et Dayre, rue des Carmes, 22.

www.ingramcontent.com/pod-product-compliance
Lightning Source LLC
Chambersburg PA
CBHW070820260626

47161CB00006B/2351